문학과지성 시인선 544

세 개 이상의 모형

김유림 시집

문학과지성사

문학과지성 시인선 544
세 개 이상의 모형

펴 낸 날 2020년 8월 18일

지 은 이 김유림
펴 낸 이 이광호
주   간 이근혜
편   집 이민희 최지인 조은혜 박선우
펴 낸 곳 ㈜문학과지성사
등록번호 제1993-000098호
주   소 04034 서울 마포구 잔다리로7길 18(서교동 377-20)
전   화 02)338-7224
팩   스 02)323-4180(편집) 02)338-7221(영업)
전자우편 moonji@moonji.com
홈페이지 www.moonji.com

ISBN 978-89-320-3765-3 03810

이 책은 2020년 대산문화재단 대산창작기금의 지원을 받아 발간되었습니다.

이 도서의 국립중앙도서관 출판예정도서목록(CIP)은 서지정보유통지원시스템 홈페이지
(http://seoji.nl.go.kr)와 국가자료공동목록시스템(http://www.nl.go.kr/kolisnet)에서
이용하실 수 있습니다. (CIP제어번호: CIP2020032186)

문학과지성 시인선 544

세 개 이상의 모형

김유림

시인의 말

일어나는 그대로

2020년 여름
김유림

세 개 이상의 모형

차례

시인의 말

1

엘레네   11

2

별자리 2   15

별자리   16

영상들 2   18

나의 검은 고양이   21

1 나의 마음   23

1 나운의 마음   24

2 거울 꿈   25

2 거울 꿈   29

3   30

4 도넛 거울   31

5 탈출   32

6 너의 의미   33

7 사랑   34

7 수영장   35

8 거울 요정   36

9 1998년 극장   38

10 해민의 경우   40

11   42

12 거울 사요나라   44

12   45

13   46

13 유진 생각   47

14   48

14 세 개 이상의 모형   49

15 거울 연못   50

6 너의 의미   51

16   53

16 잃어버린 것은 잃어버린
    것   54

17   55

18   56

18 벽   59

19 기계   61

20   62

21 하나의 집   64

22 거울 운동   66

나의 검은 고양이   68

23 다음   71

3
생전유고   75

4

외투들   79

나무들   81

니스   82

중노동   84

소   85

소   86

탐정   87

개   90

K   91

세 개 이상의 모형   92

안개   93

안개   94

바다가 보이는 집   95

속초   96

노래하고 사라진 사람들   97

사라진 사람들   98

겨울   99

꿈꾸는 사람들   100

바게트   102

어딘가 따뜻한 나   104

주유소에서   105

누군가는 반드시 웃는다   106

꿈의

꿈   108

노천탕은 작았다   109

사랑하는 나의 연인   110

해설

하나는 여럿 둘은 셋·강보원   111

1

엘레네

엘레네 일어나, 누군가 내 머리를 두드렸다. 책임질 수 없는 바람이 불고 있었다. 바로 이거라고, 생각하는데 엘레네 일어나, 누군가 다시 내 머리를 두드렸다. 여기서 멈출 수 없는 서사가 시작되었으면 좋았을 텐데. 남자가 개에게 끌려가고 있다. 목줄 없이도. 그들이 나를 한번 쳐다봐주길 바랐다. 나무에 덩강 걸린 연의 꼬리가 흔들리는데 엘레네 일어나, 누군가 내 어깨를 두드린다. 나는 일어나지 않고 고개도 돌리지 않아왔다. 오래되었다. 오래되어 닳은 게 있다면 그게 내 이름이다. 그는 언제나 내게 거기까지 하라고 말했었지. 자 일어나, 누군가 머리를 두드렸다. 흰 배드민턴공이 지나가고

여기가 끝인가
일어날 수 없는 대상들:
머리는 몸통에 대해 궁금해졌을 것이다.

2

별자리 2

그녀는 하나를 포기해야 올해가 잘 풀릴 거라고 했다. 그 하나가 무엇이지요. 세진이 묻는다. 물론 그녀는 대답하지 않는다. 그녀는 별자리 시에 등장한다. 그녀는 캘리포니아 드림을 꾸고. 작은 호텔 방 안에서 그림을 본다. 새벽녘에 보고 있다. 새벽녘에 달리는 귀여운 남자를 보고 있다. 그런 그녀를 세진은 보고 있다. 그녀는 미래를 볼 수 있는 여자. 미래를 볼 수 있어서 낡은 침대 위에서도 품위 있는 여자. 그녀는…… 세진의 아기 같은 손가락을 만지작거리다가 통통하다 생각한다. 통통한 손가락은 무엇을 의미하지요. 세진은 외국어로 세진은 묻는다.

세진이 말하자 너는 그래서 묻는다. 그래서. 그녀는 미래를 볼 수 있는 여자. 작은 호텔 방 안의 새벽녘 스무 바퀴고 서른 바퀴고 달리는 귀여운 노인. 노인을 볼 수 있는 여자. 세진은 다시 말한다. "그래서, 지금은 12월," 너는 "California Dreamin'?" 묻는다. 커튼을 영원히

닫을 듯이 그러나 그런 일은 없고 세진은 말한다. 미래는 환하다. 어두운 미래가 환하다. 나에게 너무 확실한 내가 보인다. 나는

세진을 소파에 앉힌다. 창가여야 한다.

별자리

할 수밖에 없게 되었을 때 할 수밖에 없어서 하게 되면 때가 되었다고 느낀다. 할 수밖에 없어서 나는 나와 같이 살던 그와 재미있는 대화를 많이 나누었으나 대화를 나누면서 재미있다고 생각하지 않았고 다만 많이 웃을 뿐이었다. 집 벽에는 모기를 잡고 남은 흔적이 많았는데 전부가 그런 것은 아니어도 일부는 어떤 형상을 띠게 되었다. 나는 어느 휴일 밤 누워 있다가 그중 하나가 하얀 강을 건너는 해달의 모습을 하고 있다고 생각했고 그 생각이 꽤나 그럴싸해서 그에게 말해주었다. 그는 너무 맞다고 대답했고 그로 인해 내 생각은 생각이라기보다 하나의 진리처럼 딱 들어맞는 해달의 형상을 갖추게 되었다. 그것은 하얀 벽을 느긋하게 대각선으로 가로지르며 몸통 하단부와 얼굴만을 수면 위로 드러내고 있다. 그것이 조금 더 열심히 헤엄쳤다면 천장의 야광별에게까지 가 닿았겠지만 그것은 우리와 비슷한 눈높이에서 잠드는 편을 선택했다. 우리도 비슷한 선택을 했다. 나는 그와 그는 나와 비슷한 눈높이에서 잠드는 편을 선택했고 가끔은 권태가 올 법도 하지만 왜 오지 않는지를 궁금해하며 권태에게도 권태의 시간이 있겠으나 권태는 좀처럼 벗어나지 못하고 우리를 방치한다고 느꼈다. 이것이 권태의 방식이라고 느꼈지만 그것은 느낌일 뿐이었고 느낌일 뿐인 방식으로 사랑이 그치는 것일지도 모른다고 생각했다. 그는 단 한 번 모닝 키스를 하다가 입속에서 별을 뱉어낸다. 나와 그는 전 주인이 붙여둔 수 개의 별에 수십 개의 별을 이어 붙여 은하수를 만들었고 그가 뱉어낸 건 그중 단 하나의 별일 뿐이었다. 그건 아무 일도 아니었고 그런데 그건 아무 일도 아니어서 우리가 웃기만 한다면 우리만의 비밀이 될 그런 일이었다. 우리는 미소 지을 뿐이었다.

영상들 2

해수는 오늘에 와서도 조류박물관에 갔던 것을 기억할
수 있다. 잊기는 잊었다.

잊기는 잊었다. 반복하는 것이다. 사이사이 잊기를 잊
게 되면 무시할 수 없는 기억이

무시무시하게 반복한다. 기억이 반복하는 것이다. 기
억이 반역하는 것이고. 해수는 그저 앉아 있을 뿐이다. 올
리브색 조끼와 꽃무늬 치마를 입은 채 엉거주춤하게 앉
아 있을 수만 있다.

왜 흰머리수리 앞에 서 있는지. 기억하지 못하는 순간
이면 당연히 해수는 잊은 것이다. 잊기는 잊었는데 다시
잊어야 하는 것에 대해 골몰한 해수 앞에서

너는 잘 듣고 있다. 그건 아마

입술이 기억하는 영상과 영상이 기억하는 입술이
달라서 벌어지는 일이다

너는 생각합니다. 어린 해수의 입술에 흉터가 생기게
된 경위를 듣고 싶은데 해수는 자꾸 조류박물관으로 돌

아가는 것이다. 정확히는 박제된 조류들의 박물관인데 조류박물관으로 기억하고 싶은 것이다. 아이스크림을 먹었던 것 같지만 확실하지 않다. 해수가

동생과 나란히 서서 사진을 찍기 위해 포즈를 취했다. 활짝 웃으면 아무는 흉터가 기일게 부각되었다.

그것이, 입술이,

기억하는 섬광 같다

고 해수는 말합니다. 여기서 끝내고 싶지만 엉거주춤하게 허리를 굽혀 동생을 가리지 않기 위해 노력한 일이며, 언니답게 굴었던 일이며, 머리 한 통 정도는 컸었던 일이며(이제는 동생이 나보다 크다고 해수는 말합니다), 나는 창백하고 동색은 덜 창백하던 일이며(여전히 해수가 말합니다)

모르겠다, 흰머리수리의 박제된 눈이 노란빛이고 곧 날아갈 것 같아서, 모르겠다, 그것이 내 입술을 쪼갠 것 같았다.

다르게 기억할 수도 있다. 오늘

　너는 다른 버전을 듣고 해수가 다친 그날에서 한 뼘 멀어졌습니다:

　이제 알았다 해수는 잊기는 잊었지만 다시 잊기도 잘하는 사람으로 사람을 어리둥절하게 만들고
　너를 속상하게도 만든다
　너는
　일어나

　해수를 마주 보는 사람들을 마주 보며 출구는
　여기로 간다

나의 검은 고양이

사람들은 모여서 세 개의 방을 관람하고 있다. 세 개의 방은 김유림이 글을 쓰던 공간인데 셋 중 하나는 매일 쓰던 방이고 하나는 가끔 쓰던 방이며 하나는 거의 안 쓴 방이다. 문은 첫번째 방에 달려 있으며 나머지 방엔 없다. 세 개의 방은 김유림의 세 개의 방으로 알려졌지만 세 개의 방이 아니다. 문짝을 떼고 벽을 헐어 서양식 통로를 만들어 모두에게 익숙한 전시 공간이 되었다. 도슨트 재한의 말에 따르면 공간의 대표는 김유림이 사랑한 다섯 번째 사람이 재혼하며 입양한 아들이다. 김유림은 그 아들을 사랑했다. 대체 왜 사람들은 첫번째에 들어가 세번째에 들어가고 두번째에 들어가지만 순서를 모른다. 긴 복도로 연결되어 동선이 헷갈리지 않게 헷갈리는 모든 것을 정리했습니다. 재한은 길이 2미터의 거구이고 슬프다. 나의 검은 고양이에서 김유림은 꼬리가 길어서 머리에 말고 다녔던 고양이에 대해 씁니다 그러나 꼬리에 대한 이야기는 안 하고, 좌중 아무 반응이 없다, 안 하고 그러니까 사실 두 남자에 대해 씁니다 어떻게 읽어도 나의 검은 고양이는 제 아버지이고 나의 검은 원숭이는 또 다른 제 아버지인 것 같다고 재한이 말하고 사람들은 당연

히 약간 웃는다 약간 소란스럽다

1
나의 마음

나는 생각보다 유연했다. 나는 생각보다 날쌔고 나는 생각보다 이상적이었다. 누군가에겐 항상. 생각보다 이상형이었다. 그것을 의식하면 얼굴이 굳어 미소 짓기가 어렵다. 선생님의 마음으로 선생님처럼 말하고 어머니의 마음으로 어머니처럼 말하자. 너는 내게로 왔다. 문을 열고 왔다. 검은 바다는 쓸고 들어왔다. 밀물만 있고 썰물이 없는 바닷가에서. 기다렸다. 나는 생각보다 날쌔고 유연하고 이상적인 물고기였다. 너를 노래하는 기타를 치다가 손톱이 벗겨지고 검지가 기형화된 물고기였다. 마음을 가지면 말이 온다. 마음을 가지면 함께 온다. 생각보다 크고 검은 것이 함께 쓸려 들어온다.

1
나운의 마음

　나운은 생각보다 유연했다. 나운은 생각보다 날쌔고 생각보다 이상적이었다. 누군가에겐 항상. 생각보다 이상형이었다. 그것을 의식하면 얼굴이 굳어 미소 짓기가 어렵다. 선생님의 마음으로 선생님처럼 말하고 어머니의 마음으로 어머니처럼 말하자. 너는 왔다. 문을 열고 왔다. 검은 바다가 쓸고 들어왔다. 밀물만 있고 썰물이 없는 바닷가에서. 나운은 기다린다. 나운이 생각하기에 나운은 생각보다 날쌔고 유연하고 이상적인 물고기다. 너를 노래하는 기타를 치다가 손톱이 벗겨지고 검지가 기형화된 물고기다. 나운의 경우엔, 마음을 가지면 말이 온다. 마음을 가지면 함께 온다. 생각보다 크고 검은 것이 함께 쓸려 들어와서 나운 물고기는 괴롭다.

2
거울 꿈

　나운과 나영은 동시에 꿈꾸기 시작한다. 나운은 나영에게 바퀴벌레를 잡으라고 한다. 잡아 나운은 나영에게 크게 외친다. 나영은 햄버거 포장지를 이용해 그것을 잡는다. 그러나 그것은 보인다. 불투명한 포장지 너머로 볼 수 있다. 더듬이? 어떤 대칭성? 나영은 단단한 등딱지를 견딜 수가 없다. 그것은 갇혀 있지만 언제라도 튀어나올 것처럼 힘이 세다. 나운과 나영은 승합차에서 피크닉을 즐기고 있었다. 바깥세상에 대해 몰라도 6인승 승합차 내부에서 햄버거를 먹으며 충분히 즐거울 수 있다는 둘. 그때 그것이 기어들어 온 것인데 내부엔 강력살충제가 준비되어 있어서 금세 조치를 취할 수 있다. 죽여 죽여 나운은 외치고 그것은 진짜 같다. 나영은 이미 한참 전부터 죽이고 있었다. 나운이 외치기도 전에 나영은 알고 있었다. 그러나 왜 하필 승합차지? 꿈은 잠시 산만해질 수밖에 없다. 승리는 예정되어 있고 더 이상 흥분할 필요가 없기 때문이다. 그것은 박제되어 있다. 완전한 박제의 그것은 장난감 같다. 그것의 죽음은 불투명한 포장지 너머로도 보인다. 너도 그것이 보이니? 나운은 묻고 싶지만 나영은 이제 조용하다. 둘은 조용히 각자의 시간을 가진다. 백 년의 시간이 지나도 창밖을 응시하는 둘과 대칭을 이루는 두 장의 창은 그대로다. 정확히 둘을 반사하고 밖은 보여주지 않는다. 그래도 나운과 나영은 보았다. 무엇을 보았는지 말하지 않아. 그래도 나와 너는 각자가 보고 있는 걸 방해하지 않아. 나운과 나영은 동시에 꿈꾸기 시작한다.

*

너는 깨어나는 동시에 말한다. 여기서 너는 나운이다.
너와 나는 동시에 꿈을 꾸었다. 여기서 너는 나영이다. 나영의 꿈속에서 한 여자가 나의 흰 정장에 금색 스프레이를 뿌린다. 실수였다고 여자가 말한다. 나는 흰옷에 금색 스프레이가 뿌려졌다면 천사다 어떤 좋은 징조다 말한다. 그보다 황금인 것 같다. 유럽의 동상인간들처럼 황금에 뒤덮여 있었냐고 묻자 너는 아니라고 했다. 여기서 나운은 승합차가 서 있는 초여름의 아침 골목을 걸어간다. 승합차 앞에서 멈춰 승합차의 창유리에 비친 얼굴을 잠시 본다. 나영은 복권방에서 일한다. 나의 마음을 생각한다. 초여름을 지나야 볼 수 있는 것처럼. 꿈같고 청량함. 여기서 나는 나영이고 마음은 나운이다.

*

계속해.

나는 자라서 결혼한다. 어느 순간이 되면 나운은 이 모든 게 지겹다. 그래도 나는 자신이 어떤 사람인지 아는 사람을 관찰할 기회가 있었고 그 사람이 오랜 세월을 함께한 파트너에게 버림받는 걸 관찰할 기회도 있었다. 관찰을 책으로 쓴다. 책으로 쓰고 책으로 내고 책으로 여긴다. 나운은 어느새 꿈에서 멀리 나아가 꿈에서 멀어진 듯도 하고 꿈에 가까워진 듯도 하다고 생각한다. 벤치에 앉아 생각한다. 나운은 작가로서의 꿈과 나운으로서의 꿈과 나로서의 꿈 그러나 너로서의 꿈을 혼동하고 있다. 나영은 말한다. 그런데 눈을 들자 나운에게는 초여름의 골목이 보인다. 어쩐지 그것이 지금의 산보에 어울린다. 나영은 빨간 스툴에 앉아 말한다. 너는 골목이 채 사라지기도 전에 알게 될 거야 여긴 아직 어린 시절이다 결혼은

정해지지도 않았다. 나는 말하지 않고 토끼처럼 경중경중 스텝을 밟을 뿐이었다. 엉킨 머리에선 고운 향기뿐. 계속해. 황금기였다. 잡아! 잡아라! 그것은 나만의 날개처럼. 나만의 꿈처럼. 내게 찢어졌다. 네가 보였다. 네가 말했다.

2
거울 꿈

    지인들은 나영과 나운이 없는 자리에서 나영과 나운이 말한 꿈에 대해 말한다. 거울 꿈 아니겠느냐고 누군가가 말한다.

    하지만 나는 나영과 나운이 싸웠다는 걸 알고 있어서 그러려니 한다. 내장산으로 단풍놀이 가려는데 같이 갈래 지인들은 안 가겠다는 나운과 나영을 승합차에 밀어 넣는다. 나는 할 일이 많아서 안 간다.

3

오늘은 비가 왔다
구름은 보이지 않았다
그래도 구름은 있는 것 같다
꼬마 유령 캐스퍼처럼

4
도넛 거울

나는 도넛을 떨어뜨렸다. 마침 덤불에서 까마귀가 보였다. 까마귀가 하나 둘 많았다. 둘까지만 해도 많았다. 나는 너와 있으면서 둘만 해도 많았다. 내가 말했다. 까마귀가 많았다. 응응. 나는 마침 어른이 된 모양이다. 그것이 떨어진 도넛을 닮은 모양이다. 자꾸 반복하는 모양새가 보기 좋구나. 네가 말했다. 그래 나는 떨어뜨려도 도넛인 것을 주웠다. 이제 그것은 이름이 길어져버렸고 마침 까마귀가 나왔다 들어간다. 어디로? 네가 묻지 않고 날아가버린다. 이상하다 그건…… 말하기 어렵지만 나왔다 들어간 말인 것 같았는데. 나는 잘 걸어간다. 덤불은 끝장이었고 그래서 작았다. 잘 들여다보자. 걸어가는 나는 잘 보인다. 왠지 사랑 하나가 끝난 것 같다. 그래도 남은 하나가 밝았다. 나는 또 숨어서 코를 팠다. 너는 다 보고 있었다.

5
탈출

이런 것 충분히 봤잖아? 나는 코끼리 씨가 지나치게 즐거워하는 모습을 보며 말한다. 코끼리 씨는 내 오줌 속을 헤엄치고 있다. 그 뒤를 작은 코끼리 씨가 따른다. 몸은 작지만 어른은 어른이다. 너는 말했다. 나는 갑자기 말문이 막힌다. 오줌은 멈추지 않고 허물어진 성터 전부를 메워버린다. 난 오줌을 싼 적이 없다. 처음부터 오줌은 여기 있었다. 넘실넘실. 코끼리 씨와 작은 코끼리 씨가 지나치게 즐거워하는 것처럼 보인다. 그들은 헤엄을 치고 있는 것뿐이다. 너는 말했다. 그렇지만 내게는 보고 싶지 않아도 덜 작은 코끼리 씨와 작은 코끼리 씨가 헤엄치며 몰래 애무하는 것이 보인다. 저래서도 안 되고 이래서도 안 되잖아. 다시 한번 강조하는데 난 이렇게 기일게 쉬를 싸는 사람은 아니야. 너는 응, 너는 아니야, 말했다. 너는 응. 너는 아니야. 말했다. 그러자 작은 (오줌) 소용돌이가 생긴다. 헷갈리나 본데 이건 내 꿈이야. 난 덜 작은 코끼리 씨와 작은 코끼리 씨를 떼어놓는다. 이곳은 급격히 협소해지고 너는 기회를 놓치고 (오줌) 소용돌이가 되고 만다. 어이, 난 간다! 그런데 말하고 보면 언제나 안팎으로 진입에 어려움이 있다.

6
너의 의미

겨울이 와버렸다. 나는 멀리 보았다. 지금은 줄 수 없지만 너에게 줄 수 있는 많은

많은 것들을 저장했다. 그것들은 배 속의 딸기처럼 저장되어 있다. 나는 웃었다. 너는 딸기의 꼭지를 쓸어 담는다. 그것이 내 배를 아프게 한다. 그때 나는 본다. 딸기물이 배꼽까지 물들인 것. 그런데 배꼽이 여전히 내 배꼽인 것. 그래서 너에게 줄 수 없었다. 어두워서 보이지 않았다. 내가 말하자 네가 내 이마에 손을 올리며 말한다. 거기 손바닥만 한 어둠 속 불타는 것 같다. 전부 그러모아 사라지는 것 있다. 팔팔 내리는 눈 그리고 너는 집으로 가고 있다. 네가 속삭였다.

나는 멀리 보았다. 그래도 네가 보이지 않았다. 내가 말했다. 눈을 열고 창밖을 보았다. 길도. 거짓말처럼. 공기는 벌써 차갑다. 서리와 우박이 하늘로 올라가고 있다. 되감아지는 말들처럼. 그렇게 보이기도 하는 말들처럼. 내가 말했다. 그러나 내리긴 내린다.

7
사랑

그녀는 파란 고무링을 주었다. 이와 이 사이에 끼여 있다. 일주일 내내 아팠다. 하지만 난 그녀를 일주일 새 단한 번 떠올렸을 뿐이다. 그게 오늘이다. 아픔이 계속되면 아픔도 사랑이 된다고? 나는 단 한 번 그녀를 생각했을 뿐이다. (그것도 방금). 고무링이 이와 이 사이를 벌리고 있다. 틈을 내고 있다. 필요한 만큼 벌어지고 나면 저절로 입 밖으로 튀어나올 것이다. 하려던 말은 저절로 쉽게 될 것이다. 거울을 마주하고 입을 크게 벌려도 어금니 뒤가 보이지 않는다. 거기 파란 고무링이 박혀 있다.

7
수영장

나는 엄마 이야기는 한 적 없다고 말했다. 모든 것은 비유였으며, 나는 단지 한국산 수박을 먹고 싶었던 것뿐이라고 말했다. 너는 불가능, 이라고 말한다. 나는 이것이 맛있으며, 단지 한국산 수박은 맛이 다를 뿐이라고 말했다. 너는 불가능, 이라고 말한다. 전 애인의 이야기를 한 적 있지만 그 이야기는 지어낸 것이며 너의 주의를 끌기 위한 노력이었음을 말하지 않았다. 나는 수영장에 발을 담그고 수영장을 가로지르는 노란 부표의 흔들림을 주시하고 있다. 몸매가 드러나는 수영복은 아무래도 가슴이 작은 나를 더 작아 보이게 할 것이다. 노력이 부질없다는 말은 부질없는 것이다. 비유는 노력의 산물이다. 나는 물을 보니 가시가 떠오른다고 말했다. 나는 물을 주지 않아 죽어버린 선인장의 가시가 떠오른다고 말했다. 너는 물에 대한 공포를 극복한다면 내가 더 매력적인 사람이 될 거라고 말한다. 나는   , 이라고 말한다. 비유가 불가능한 몸, 에 대해 묘사한다. 절벽은 비유가 아니며, 만질수록 어두워지는 가슴이 아니며, 그 아래 협곡이 흐르지도 않으며, 따라서 몸을 던져야만 할 이유도 없다. 너는 물속에 있어도 덥다고 했다. 나는 물에 씨를 뱉었다.

8
거울 요정

들어보세요

그 귀는 요정처럼 뾰족하다 요정처럼 뾰족한 귀가 있다 그는 그것을 보지 못하지만 보지 못하는 그에게 요정처럼 뾰족한 귀가 있다

있다는 건 그랬다 남들에게 익히 들어 알고 있는 그것을 긴 머리로 가릴 수 있다

"난 모르겠는데 사람들 사이에 있다 보면 하나씩은 생겨."

"꼬마 요정의 귀 말이니?"

그것은 덥수룩한 머리 사이로 튀어나왔다 말이란 건 그랬다 아무리 해도 꼬마 요정 정도로 귀엽고 싶은 것이었다 그는 자신의 진심이 너무 부끄러웠고 그 진심이 단지 꼬마 요정급이라는 데 놀란다 서른 해를 살아왔지만 딱 그만큼이었던 것이다

물론 그건 한 번쯤 물어보고 싶은 질문이 누구나의 (입이 아닌) 귀에 감춰져 있다는 사실을 모른 그의 경험 부족에서 비롯된 것이다

토끼 신사의 귀는 아니고

빅 피쉬의 귀는 더더욱 아닌

"평범한 귀인걸?"
누군가 말했을 때 놀란 그의 눈은
(서른번째 크리스마스를 앞두고)
울음을 터뜨린다

9
1998년 극장

사람들은 유령처럼 솟아나고 있었다. 캐스퍼처럼. 둥글고 하얀 머리처럼 퐁퐁. 솟아나면서. 눈을 감고 콜라병처럼 흔들리고 있었다. 들려오는 음악처럼.

무대 위로 올라설 것처럼 자연스러워 보인다. 그들은 곧이라도 눈물이든 침이든 머리에 바를 것처럼. 자연스러워 보인다. 여기서 무엇이 더 보일지 모르겠다. 그들처럼 눈을 감고 있기 때문이다.

그들처럼 둥글고 하얀 머리였다. 아주 젊게 태어난 캐스퍼처럼. 여전히 캐스퍼였다. 나이 들 수 없었다. 내가 혀를 살짝 빼물거나 윙크하면 귀여워. 김유림은 말했다. 어디서나

여기서나 저기서나 나이 들지 못하고. 유령처럼 나타나 귀여워해주었다. 나는 자연스럽게 샘솟는 어린아이 짓을 짓눌러도 보고 외면하기도 했다. 그러나 그것은 어디까지나 콜라의 투명이어서

잘 보인다.

보이면 좋았다. 눈이 먼 것처럼 더듬는 배우들, 저기 R석에서 연기하고 있다. 우리도 R석에서 보인다. 다른 사람들이 저것 봐, 캐스퍼야, 속삭였다. 흔들리고 있어.

기분 좋은 아침. 흔들리고 있었다.

끝나면 언제나 밤, 지금은 아침, 김유림은 속삭이고 있었다.

10
해민의 경우

괄호의 말에도 온점을 찍어야 한다. 해민은 그렇게 생각하고 그렇게 한다. 해민은 벗어나지 못했다. 그걸 말하기 위해 시를 써야 한다고 생각하면 실제로 배가 아프다. 너는 배 아파 말고 네가 잘 쓰면 된다. 말한다. 소년 만화의 어른 사람 같은 너의 의식 세계도 한번 생크림 짜개처럼 묶여봐야 배 아픔을 아는데 말한다. (해민이 말했다). 해민은 배가 실제로 아프다. 너는 이미 광탈해버렸다. (광속탈락). 너는 내 시 속의 소년일 뿐인데 내 배 아픔을 몰라주니 너는 오늘 광탈이다. 그러자 소년은 광탈의 오용이라고 주장한다. 나는 남용이지만 오용은 아니라고 주장한다. 주장한다. 주장한다. 주장하는 동안에도 집에 가서 쉴 생각뿐이다. 너는 해민이 실제로도 말이 많다고 주장한다. 고집 센 소년은 탈락 소리에도 돌아가지 않고 버틴다. 말하기 위해 너와 내가 실제로도 연인이어야 한다니. 해민은 영향받고 엎드리고 만다. 너는 습관적으로 내가 이해하기 힘든 용어를 쓴다. 부연이 필요한 용어를 쓴다. (해민은 그에게 광탈이 뭐냐고 물어봤다 광탈은 스타크래프트 팬들이 리그전을 보면서 자신이 좋아하는 선수가 예상 외로 빨리 탈락했을 때 사용하는 용어다). 이렇게 쓰니 모르겠는걸. 나에게 네가 있는 건 맞는데 그걸 말하기 위해 너는 소년이어야 한다. (소년은 출몰하고 광탈한다). 시놉시스에서 너는 왠지 모를 그he이다.

11

겨울 엉겅퀴 보았다. 겨울 엉겅퀴는 겨울의 언덕에서. 겨울의 언덕을 모르고 겨울 달은 겨울의 언덕 위에서. 나는 나에서 시작한다. 너는 너에서 시작한다. 뻐꾸기가 난생처음 울었다. 난생처음 우는 뻐꾸기를 보았다. 보이지 않는다. 나는 점점 보이지 않아. 너를 유심히 보았다. 이대로 가면 겨울의 언덕에서 겨울의 언덕을 모르고 점점 보이지 않아. 손뼉을 칠 것이다. 손뼉을 치자. 뻐꾸기 날아오를 것이다. 자주 발견되는 곳. 그곳은 나의 마음과 가깝다. 나는 거기서 시작하고 싶다. 너는 겨울 엉겅퀴를 보았다. 나는 자주 잃어버렸다. 그러나 오늘은 잊지 않고 가지고 온 게 있지. 깜빡했어. 겨울 달은 겨울의 언덕에서 겨울의 구름 아래로 흐른다. 구름은 정지. 그것은 나의 마음과 가깝다. 달이 흐르고 있다. 너는 흐르고 있다. 나는 점점 보이지 않아. 손뼉을 칠 것이다. 손뼉을 치자. 짧고 가볍게 우리는 우리를 모를 것이다. 겨울의 언덕에서 오늘은. 잊지 않고 꺼내 보였다. 너는 유심히 보았다. 나는 유심히 보는 너를 유심히 보았다. 놓친 것. 흐른 것. 전부 그 영화처럼 흘러가고 있었다. 내 손바닥에 그 영화처럼 새겨지고 있었다. 너 여기 모기 물렸다. 귀여운 모기 자국

생겼다. 너는 유심히 보고 있었다. 놓칠 엉겅퀴. 놓칠 새.
흐를 봄처럼.

12
거울 사요나라

나는 비공개한다. 모든 영향 관계를 비공개하고 단 하나의 이웃을 남긴다. 더 이상 이 세계만의 사요나라 견딜 수가 없다. 그러나 오늘 넌 슬프다고 한다. 나도 그 슬픔 알아. 마음이 움직이자. 나는 비공개한다. 그 모르게 비공개한다. 처음부터 그는 몰랐으니까 앞으로도 모를 것이다. 마음이 움직이자. 그는 살짝 눈을 뜨고 뒤척이지만 앞으로도 모를 것이다. 내가 옆에 누워 있다. 그러나 처음부터 그는 모르게 되어 있고. 너는 옆에 누워 슬프다고 한다. 나도 그 슬픔 알아. 나도 그 슬픔 옆에 누워 있다. 마음 움직이자. 옆은 미동하지만 앞으로도 모른다. 나는 비공개했다. 단 하나의 이웃이 슬퍼하자. 나를 비공개했다. 너는 너의 그와 가깝고. 너는 나의 나와 가깝고. 나도 그 슬픔 알아. 슬픔 한낮의 도마뱀처럼 툭 떨어지자. 밤이다. 이 세계만의 인사는 비공개했다. 사요나라 사요나라.

12

　나는 임시 거처로 돌아가다가 편의점 앞에서 도마뱀 한 마리를 본다. 콘크리트 바닥에는 남자가 누워 자고 있다. 도마뱀은 자판기 안에 갇혀 있다. 들어갔으니 나올 수도 있을 것이다. 들어갔으나 나오지 못할지도 모른다. 남자가 자다가 일어나 걸어가고 나는 이게 전부 외국이라 일어날 수 있는 일이라 생각한다. 나는 남자를 알기 때문에 남자를 쫓아가도 괜찮다고 생각한다. 남자도 그렇게 생각한다. 우리는 서로 집이 없어서 서로가 집에 가기만을 기다리면서 도쿄의 서울 밤을 걷고 있다.

13

이봐 스위스호텔이다. 나는 거위에게 말했다. 거위는
좋은 친구의 형상이다. 좋은 친구는 거위의 형상이다. 나
는 헷갈리는 걸 말했다. 거위는 트림을 하더니 말없이 일
어나 걷기 시작했다. 나는 무릎 위의 털을 털어냈다. 가엽
게도…… 너는 스트레스성 탈모를 앓고 있다. 나는 너를
따라간다. 털어냈니. 너는 멀리서 묻는다. 그렇다고 하자
너는 마음 놓고 운다. 거위는 생각보다 빠르군. 그렇지만
좋은 친구와는 언제나 생각보다 빠르게 헤어졌다. 빠르
게 모년 모월 모일. 그는 단 하루 나 때문에 울었다.

13
유진 생각

유진은 타오밍을 생각한다. 유진은 타오밍에게서 인생의 낙을 앗아 간 유진을 생각한다. 유진은 타오밍에게서 거위라는 친구를 빼앗아 간 유진을 생각하고 유진과 이름이 같아서 유감이라고 생각한다. 타오밍이 찾아와 당분간은 돌아갈 수 없다고 했다. 출장차 서울에 왔는데 그 사이 회사가 불타서 없어졌다는 것이다. 그렇게 타오밍은 서울 종암동의 스위스호텔에 묵게 됐다. 스위스호텔과 공항버스 정류장은 걸어서 3분 거리다. 거기서 사건이 일어났다. 나는 종종 타오밍을 생각하고 타오밍이 타이베이에 두고 온 가족을 그리워하는 나를 미워한다.

14

몽이는 여기 있다. 슬픈 몽이가 여기 있다. 나도 다 안다. 다 아는 이야기를 써야 해서 슬픈 몽이가 여기 있다. 슬픈 이야기가 슬프지 않아지려고 한다. 문장을 궁굴리며 작아지는 몽이가 여기 있다. 나는 그녀를 위해서 뭔가를 적어보고 싶지만 여긴 그런 장소가 아니다. 여긴 집이다. 집에서 몽이의 슬픔이 작아져 내 발을 핥고 있다. 그래 작은 마음은 한 마리 강아지가 되어 내 발을 핥는다. 몽이는 달리 몽이인 것이 아니고 작은 망아지 같아서 몽이이다. 그녀의 슬픔이 구르면서 여기까지 왔지만 그녀는 이제 몽이일 뿐. 슬픔도 몽이일 뿐. 몽이일 뿐. 몽이는 작은 강아지다. 소심한 강아지다. 이제 막 어른이 되었다. 몽이도 다 안다. 몽이가 집에서 자라고 있다는 사실을 다 안다. 안녕 인사하자. 몽이와 몽이는 만난 적이 없고 나와 몽이는 만난 적이 있다. 이렇게 서로 다 알게 된다.

14
세 개 이상의 모형

세 개의 방에서 사람들이 도마뱀 시와 망아지 시와 코끼리 시를 읽고 그 아래 전시된 작은 모형들을 보고 있다. 점토로 만들고 바람에 말려서 단단하다. 김유림은 전시를 상상한다. 김유림은 타오밍과 함께 기획하고 실현할 수도 있었던 전시를 상상한다. 사람들은 이제 이 전시가 실현되지 못할 수도 있었다는 사실을 알게 된다. 작은 모형들은 서로를 바라보거나 서로를 바라보는 서로를 등지고 있다.

15
거울 연못

　우리는 거울 연못이라는 델 갔다. 좋은데. 잘 보이진 않는다. 네가 말했다. 너는 점점 보이지 않는다. 그러나 좋은 곳이군. 말한다. 여기서 쉬어 가기가 필요하다. 끊어 읽기. 너는 나무 아래 벤치서 방귀를 뀌었다. 그것은 작았다. 우리는 더 자세히 보기 위해 숨을 멈춰야 했다. 그러나 그것은 이미 날아가버렸고. 정말 거울 연못 같은 곳이군. 너는 말했다. 나는. 다시 숨을 쉬었다. 꿈같은 시간처럼 정적이었다. 소리 소문 없이 파문이 일었다. 할 때 그 파문이란 이런 거군. 네가 말했다. 너는 잘 보이지 않는다고 했다. 나는 그러나 이미 연못 쪽이었다. 연못 쪽이 더 맑았다. 맑아서 내 쪽이 더 빨랐다. 거기서 돌아와. (다시). 네가 말했다. 나는 그러나 너의 손바닥을 가져다 그 속에 푹 담갔다. 마른 손바닥을 가져다 물water 써주기도 했다.

6
너의 의미

나는 멀리 보았다. 그래도 네가 보이지 않았다. 내가
말했다. 눈을 열고 창밖을 보았다. 길도. 거짓말처럼. 공
기는 벌써 차갑다. 서리와 우박이 하늘로 올라가고 있다.
되감아지는 말들처럼. 그렇게 보이기도 하는 말들처럼.
내가 말했다. 그러나 내리긴 내린다. 겨울이 와버렸다. 나
는 멀리 보았다. 나는 너에게 줄 수 없지만 따뜻한 많은
것들을 가졌다. 그것들은 배 속의 딸기처럼 저장되어 있
다. 나는 웃었다. 너는 딸기의 꼭지를 단정히 쓸어 담는
다. 그것이 내 배를 아프게 한다. 그때 나는 본다. 딸기가
배꼽까지 물들인 것. 그런데 배꼽이 여전히 내 배꼽인 것.
그래서 너에게 줄 수 없었다. 어두워서 보이지 않았다. 내
가 말하자. 보자. 네가 내 이마에 손을 올리며 말했다. 손
바닥만 한 머릿속이 환해진다.

뒤집어보면 나는 너의 인형 같은 일관됨이며 그것이
불러일으킨 애정이며. 모두 경멸할 수 있었다. 또 뒤집어
보면 겨울이 와버렸다. 눈이 내려버렸다. 거짓말처럼 길
도 새로워 보이고 어둠도 조금 새로워 보인다. 딸기는 껍
질이 없어서 깎을 필요도 없는데 수고롭다. 네가 떨어진

꼭지 하나를 주워 들고 말했다. 마지막 하나까지, 나는 본다. 되감아지는 기억처럼, 내리고 금세 녹아가고 있다. 눈한 송이까지 어쩌면.

16

　해수는 친구와 사이가 틀어진 것도 모른다. 그렇구나. 해수는 참 똑똑하구나. 친구와 사이가 틀어진 것도 모르는 자신을 알다니 촉이 좋고 평범하다. 나는 비아냥거리고 싶은 마음이 들지만 해수 앞에서는 티를 내지 못하고 해수가 돌아가고 나서 작업실에서 생각을 한다. 나는 평범한 해수에게 일어난 재미있는 일들을 알고 있다.

16
잃어버린 것은 잃어버린 것

나에게 집중한다. 영화관에서 나에게 집중한다. 보이지 않는다. 눈이 나빠지고 있다. 너는 거짓말인 줄 알고 영화를 보러 가자 했다. 배우의 어깨에서 자꾸 흘러내리던 여름옷 한 자락이 아름다웠다고 했다. (벌써 영화가 끝났다). 난 알 수도 볼 수도 없지만 빨간 옷인 것을 기억하고 있다. 내게도 빨간색은 보인다. 마음으로 앉아 마음으로 집중하자. 옷이 보인다. 불어가 들리고. 여름 다섯 시경 창가에 앉아 흘러내리고 있다. 배우는 울다가 뛰쳐나가고 웃다가도 뛰쳐나간다. 자신에게 집중하는 배우는 초록 옷에 초록 베레모를 쓰고 있다. 울상이다. 그는 도합 다섯 번 자리를 박차고 일어난다. 뛴다. 생각이. 그를 괴롭히기 때문이다. 마음은. (마침내). 친구가 빨간 옷인 것을 기억해낸다. 마음으로 볼 수 있게 되자. 너와 완전히 멀어지게 되어 주인공은 울 수밖에 없다.

17

바람이 세게 분다. 방울 울리는 소리 들린다. 무섭다.
방울은 보이지도 않는데 운다. 새는 아까부터 울고 있었
다. 바람 없이도. 그런 걸 애정이라 할 수 있다. 방울은 이
제 따르르 울기도 하고 파르르 울기도 한다.

나는 물론 울지 않는다.

18

당신이 예상한 대로 앞으로 나아갈수록 나무가 울창해진다. 머리를 스칠 정도로 무겁게 늘어진 나무를 볼 수 있다. 보라는 들개터널을 지나 스트로베리 마을로 들어선다. 〈이 마을 사람들은 스트로베리처럼 작고 동그랗습니다. 조심히 다뤄주세요. 우리는 사랑스러운 모든 것을 스트로베리라고 부릅니다. 스트로베리 마을 촌장. 스트로베리!〉 마을 어귀의 표지판을 지나 당신이 상상할 수 있는(혹은 상상하고 싶은) 모든 형태와 향기와 질감을 가진 스트로베리 마을의 정경이 펼쳐진다. 우편에 농지가 드넓게 펼쳐져 있을 수도 있고 좌편에 작은 언덕들이 물결처럼 부드럽게 솟구치고 있을 수도 있다. 혹은 강한 줄기? 보라는 두렵지 않다. 이런 마을이 존재할 것이라고 예상은 하지 못했지만 그렇다고 해서 이 마을이 익숙지 않은 것은 아니다. 〈괜찮아요.〉 가로세로로 교차하는 농로로부터 모습을 드러낸 스트로베리 마을 아이 하나가 말한다. 〈나는 스트로베리는 아니에요. 스트로베리에 만족하는 스트로베리죠.〉 시나몬? 어떤 향기가 농지 맞은편 다리 아래에서 흘러나오고 있다. 〈스트로베리지요.〉 두려움을 느껴야 하는 건 아니다. 보라는 이 작은 스트로베리가 어쩌다 자신의 길잡이가 되었는지 궁금하다. 그렇지만 지금은 코에 닿은 익숙한 향기에 집중하고 싶다. 〈물론 어제의 스트로베리가 오늘의 스트로베리가 되는 건 아니에요.〉

익숙한 정경 속에는 언제나 집 한 채가 있을 것이다. 보라와 보라의 일행은 스트로베리를 따라 허리를 굽힌 채 집 안으로 들어선다. 〈여기는 저와 함께 이곳 스트로베리에 사는 스트로베리예요.〉 또 다른 스트로베리는 팬케이크를 굽다 말고 금보라를 보며 인사한다. 〈처음 뵙겠습니다. 저희 스트로베리가 스트로베리하지 않나요?〉 보라와 보라의 일행은 어느새 스트로베리!라고 외칠 뻔한다. 당신이 여기 있다면 당신은 실례가 되지 않도록 눈에 띄지 않는 태도로 집 안을 둘러볼 텐데. 사실 당신은 이미 여기에 있다. 이미 여기에 있지만 너무 눈에 띄지 않으려다 아예 눈에 보이지 않게 된 것이다. 스트로베리와 스트로베리는 보라가 들려주는 세상의 기묘한 이야기를 즐겁게 듣는다. 하나의 사물이 하나의 사물이지만 자세히 살펴보면 둘이나 셋이다. 스트로베리는 스트로베리를 덧붙여서 하나의 스트로베리를 만들거나 하나의 스트로베리로 보이는 둘의 스트로베리를 만든다. 스트로베리 여기 스트로베리는 제 스트로베리가 물려준 스트로베리입니다. 스트로베리하죠?

보라는 이 작고 동그란 스트로베리의 스트로베리 그러니까 호의를 기쁘게 받아들인다. 스트로베리! 그리고 그다음은…… 스트로베리로 만든 발효주를 마시고 스트로베리로 만든 스트로베리를 먹는다. 마시고 또 마시고 스트로베리를 스트로베리하고…… 스트로베리한다. 스트로베리는 스트로베리를 스트로베리한 것이다. 스트로베리했다고? 응. 보라는 보라의 곁을 오래 지킨 내가 사라진 것에 대해 그렇게 해석했다. 스트로베리의 바깥에 있는 스트로베리한 스트로베리에 스트로베리가 뜨고 스트로베리와 보라는 스트로베리를 피우고 그 주변에서 스트로베리하며 스트로베리하고 스트로베리했다. 스트로베리. 스트로베리 스트로베리 스트로베리. 스트로 스트로베리 이건 보라야 두려움에 대한 이야기가 아니다. 기억이 여기서 끊긴 것은 당연하다.

18
벽

벽은 벽으로만 이루어져 있고 벽이 벽이랑 맞닿아서
어떤 구조물이 되거나 하지는 않았다. 내가 벽에서 무얼
봤냐면 그저 그림자 하나였다. 아주 큰데. 두 사람이 벽
앞에 서서 키스를 하거나 엉겨 붙는다고 상상한다면 해
결될 일이다. 붙어나다, 가 가지는 단순함이다. 물론 단추
가 떨어지도록 멱살을 쥐고 있다는 상상도 가능하다. 붙
어나다, 가 가지는 단순단순함이다. 그림자도 그림자지
만 나는 그저 벽이 있었던 마을 길목으로 돌아가 다시 한
번 마을을 처음 방문하는 여행자가 되고 싶을 뿐이다. 그
건 귀향이랑도 다르고 귀향이랑도 달라서 어려운 일인데
나는 쓰다가 말고 침대에 누워서 침대를 마주한 왕자 행
거를 본다. 스트로베리 마을을 읽고 친구가 〈스트로베리
마을! 딸기 딸기 너를 응원해!〉라는 문자를 보내왔다. 스
트로베리 마을은 대단한 시가 아니지만 친구는 용기를
얻고 말았다. 답장을 할 수가 없어서 답장을 하지 않지만
어느 날 친구는 찾아온다. 난 널 만나기 전엔 길에서 벽
을 마주하고 있었다. 벽만으로 이루어진 벽이고 더 이상
무엇이 되려고 하지 않는 벽. 그 벽에 드리운 그림자. 너
무 크다. 난 그림자가 벽에서 완전히 떨어져 나가는 과정

을 포착하기 위해 그림자가 있는 벽을 수백 번 지나갔다. 그러나 이 방법의 허점은 명백하다. 그림자가 떠나는 순간을 포착할 길이 없으니 다시 돌아가기를 반복할밖에. 그렇다고 장화를 벗고 싶지는 않았다. 장화를 장화 위에 덧신고는 싶었다. 그래서 돌아온 거지. 이후 마주친 스트로베리들이 어떻게 되었는지 오랜 스트로베리 생활로 스트로베리에게 붙잡힌 스트로베리는 어떻게 되었는지 난 되는대로 지어내 친구에게 말해준다.

19
기계

오늘의 지하철은 아주 인간적인 기계처럼 보인다. 직선으로 달리고…… (그것밖에 없다) 달리다가 멈춘다. (그것밖에 없다). 그 사실이 지하철을 더 슬프게 만들지는 않는다. 땀이 난다. 다리를 꼰다. 어깨를 움츠린다. 가방을 최대한 끌어안는다. 물 떨어지는 우산은 최대한 가까이…… 잡는다. (너무 어려운 인간적인) 나는 첫 만남에 그녀를 웃게 하고 싶었다. (너무 어려운 인간적인 최대한) 존댓말을 썼다. 우린 왜 너무 어려운 인간적인 그것밖에 없는? 나는 잘은 모르겠지만서도 그래도 봄이란 것을 생각하면서 (그것밖에 없다) 자연스레 지하를 벗어나기도 하였다. (또 그것밖에 없다). 저것은 성수대교. 그외에는 봄비 정도. 봄비도 내리다 말다 하였다.

20

그녀는 무릎을 주무르고 있다. 케이크 두 조각을 포장했지만 이미 케이크 두 조각을 포장했지만 누군가를 기다리는 것처럼 기다리는 누군가가 올 것처럼 자리를 떠나지 않고 자리를 차지하고 있다. 그녀는 상체까지도 흔들릴 만큼 힘 있게 무릎을 주무르고 무릎을 주무르는 움직임에 상체가 흔들리고 있다. 그녀의 무릎이 실제로 통증을 유발하는지는 알 수 없다. 그녀는 스카프를 두르고 격자무늬 유리창을 향한 의자 하나를 차지하고 있다. 유리창 옆에 의자가 하나 있고 그 의자는 편해 보인다 사람이 앉아서 스카프를 두르고 있다 어떤 사실은 드러내고 어떤 사실은 드러내지 않고 있다 그림 하나를 수십 억에 파는 유명 화가라면 어디라도 갈 수 있을 것이다 상체는 조금씩 흔들리고 그러나 벽시계처럼 규칙적이지도 않고 그러나 엄숙하지도 않다 곧 일어나 사라질 것처럼 몸을 앞뒤로 흔들고 풍경의 일부를 구성하지도 못한 채 둥둥 떠다니는 환영과 같은 달걀을 떠오르게 했으나 동시에 그 달걀을 부수는 돌 또한 떠오르게 했다. 해는 뚝 떨어져버렸다. 음험한 날씨는 끝나버렸다. 그녀는 주인에게 홍시를 받아서 먹는다. 장면은 여기와 선뜻 어울리지 않지만 그녀 자신은 이미 주인처럼 보인다. 이미 주인이다. 나는 씁니다. 내 생각에 그녀는 예순이 넘었지만 세계적인 명성을 얻는 바람에 어디로든 가야 하는 화백이다 상상으로라도 상상의 슬픔을 그릴 수 없을 것이다 그릴수 없는 슬픔은 약간의 슬픔을 느끼게 해 반동을 이용해 그녀가 의자에서 일어설 때 나는 시선을 떨구고 만다. 떨군 시선 아래에도 여전히 더 떨어질 바닥이 있었고 거기조화처럼 보이지만 충분히 생화일 수도 있는 히아신스가조금 떨리고 있었다.

21
하나의 집

아몬드는 그렇다
아몬드 나뭇가지로부터 열린다
무엇을 보고 싶은지는 그렇다
너의 뒤편으로부터 보이리라 ──

내가 축복했을 때 너는 아직
흰 눈자위에 밤색 눈동자였다,
그것의 지금을
상상조차 못 했지

생각뿐이어서 오늘은 난감하다
그해의 작은 광선은 나뭇가지를 열고
(열매는 열매에서) 씨앗으로 돌아간다

축복의 말은 시간이 지날수록
가본 적 없는 강가의 퇴적물
그 잿빛처럼 견고하고 아득했다,

얼마나 필요한 일인지…… 너는 수긍한다

둘에 하나는 강가에 가본 적이 없다

둘이 지어야 하는 그러나 하나의 집
그것은 기억처럼, 과거부터 와서
미래로 부수어지는 중이었다 광선처럼

아몬드, 아몬드 나뭇가지로부터 열리고
머리는 쪼개질 듯이 아프다
정원의 담장을 넘어 자라고 있는 것은 언제나 내 시선을
사로잡기 때문이었다

22
거울 운동

민수는 아물어가는 상처를 들여다보기 좋아한다. 점차적으로 줄어드는 것이 어떤 증거가 된다. 그러나 왜 아직도 환부는 선명하지? 여기 아직도 빨갛다. 너는 말한다. 딱지라고 하기엔 너무 선분홍이다. 곧 터질 것 같다. 너는 말한다. 딱지는

딱지라고 하기엔 너무 크고 붉다.

비가

비처럼 올 수도 있고
비라고 하기엔 너무 현실적으로, 올 수도 있다.

너처럼,
이것은 모든 것. 너처럼

너처럼 우는 하늘. 그러나 진부함은 모르는 것처럼. 하늘처럼 운다. 작은 딱지 때문에 우는 너는 새처럼. 철쭉처럼. 하늘을 잡아먹은 것처럼 서럽다. 그건

내가 너를 모르는 것처럼
한마디를 모르는 것처럼

간단하기 때문이다. 처럼을 버릴 수 없어서
내가 너를 사랑하는 것처럼

나의 검은 고양이

나의 검은 고양이를 대신하여 나의 검은 원숭이를 만났다. 나의 검은 고양이는 미국의 어느 중부 지방 그러니까 날씨도 온화한 p시에 살고 있었다. 그는 나를 몹시도 질투했는데 그 질투는 나의 모든 것과 반비례했다. 나의 검은 원숭이. 그는 언제까지나 나의 검은 원숭이인데 사람들은 웅성거렸다. 후회할 거라고. 검은 원숭이를 저렇게 과보호했다간 큰코다칠 거라고. 나는 무서웠지만 어디까지나 가보자는 심정이어서 나의 검은 고양이에게 편지를 썼다. 나의 검은 고양이 너만 남고 나의 검은 원숭이는 사라질 위기라고. 편지를 받은 나의 검은 고양이가 질투했다. 그는 편지의 내용도. (야옹). 나의 검은 원숭이도. (야옹). 질투하지 않았다. (야옹). 오로지 나만을 질투했다. 나는 알고서 너에게 편지를 보낸 것이야. 나는 나의 검은 원숭이를 만나 나의 검은 고양이에게 도움을 청했다고 말했다. 물론 악의는 없었다. 알아주겠니? 나는 그를 안았다. 너는 곧 세상에서 가장 행복한 원숭이가 될 거야. 나의 검은 원숭이는 말없이 가버렸다. 물론 검은 원숭이는 사람을 안아주는 방법을 알고 있다. 써먹지 않는 것도 교양이라고 뒷모습이 말하는 듯하다. 나의 검은 고양이는 나를 대신하여 나의 검은 원숭이를 만났다. 검은 원숭이를 만났다. 그는 미국의 어느 중부 지방 그 쾌적하고도 행복한 시절을 떠나 지금으로 돌아온 것이었다. 그는 내게 욕설을 퍼부었다. 왜지? 왜 하필 지금이지? 그러나 나는 이미 지금에 없으니 대답할 방법이 없다. 그렇게 나의 검은 고양이는 나의 검은 원숭이를 만났다. 과거와 미래의 만남처럼 보이는 지금이었다. 주모자는 언제나 지금에 없다. 나는 그 수법을 나의 검은 무엇에게서 배웠는지 생각하며 멀어지고 있었다. 그제야 하늘이 보이고. 나의 검은 것과 나의 검은 것은 부둥켜안고 땀을 뻘뻘 흘리고 있다. 나는 어디까지나 언제까지나 나의 검은 무엇을 찾는 중인데요. 사람들은 웅성거렸다. 후회할 거라고. 검은 고양이와 검은 원숭이를 만나게 한 것을 후회할 거라고. 그러나 기억은 다르게 기억할 수도 있다. 그중 하나는 늦여름이다. 하늘하늘 땀이 흘러내리는 혹서에 너를 사랑해. 그들은 나를 대신하여 말했다. (고 한다). 비가 올 것 같으면 우산을 챙기랬지. 그들이 장마를 대비하고 있었다. (고 한다). 나의 검은 고양이, p시에는 폭우가 오지 않지만…… 서울에서 만날 폭우를 대비하고 있었다고 한다. 사람들은 흩어지고 나는 그제야 기지개를 켜고 뒤돌아본다. 그때부터다. 내가 글을 쓰기 시작하는 것은 방이 있고 커다란 방이 있고 작은 방이 있고 잘 모르는 방이 있고 그렇지만 방이 있고 거기서 쓰기 시작하는 것이다 눈을 들어 이곳에서 빠져나가는 그림자를

　김유림은 예전에 썼던 것을 조금 고쳐서 책으로 낼 생각이다.

23
다음

자동차가 산정에 멈추고 명수는 먼저 내린다 자동차는 적당히 무겁고 둔탁한 모양새를 가졌으며 쉽게 밀려나지 않는다 돌을 찾아 돌을 괴어 고정한다 양떼목장이 내려다보이는 산정에 멈추어 서서 너를 생각하는 명수

생전유고

그녀는 자신이 죽으면 생성될 유고시집을 생각하며 시를 썼다. 시를 썼고 산문을 썼으며 시도 산문도 아닌 글을 썼다. 시는 시처럼 생겨야 하고 산문은 산문처럼 생겨야 한다고 선생님이 말했다. 선생님이 너무 많아서 그녀는 바빴다. 그녀를 바쁘게 만드는 무수한 선생님들 또한 그들의 선생님들 덕분에 바빴으며 그들의 선생님들 또한 그들의 선생님들 덕분에 바빴다. 내가 단 한 순간 쉴 수 있다면. 그녀가 죽는다면 그녀는 그녀처럼 생기지 않아도 되고 그녀의 글은 그녀의 글처럼 생기지 않아도 된다고 생각했으나 그녀가 죽고 난 이후에도 그녀가 아닌 시와 산문과 시도 산문도 아닌 글이 그녀처럼 있다.

4

외투들

너는 평생 행복을 모를 것이라고 내게 말했던 늙은 선생이 걸어오고 있다. 멀리

오르막길의 좌편에는 남자와 여자가 서 있다. 담배를 피우고 있다. 네 시의 해가 가늘게 그들을 가르고 있다. 아직 날은 충분히 따뜻하지 않다. 다가오는 사월에 눈이 내릴 수도 있겠다. 그러나 앞서가는 여자는 리넨 치마 차림이고 그 옆의 여자는 칠부바지를 입고 있다. 네 시의 해가 그것을 보여준다. 전경에서 밀려난 자들이나 전경에 진입한 자들의 옷매무새와 말소리와 기온을 보며 나는 올라가고 있다.

새가 날아와도 좋겠고(이 문장은 어디선가 본 것 같다) 예기치 못한 손이 튀어나와 구걸을 해도 나쁘지 않겠다. 실제로 새의 둥지가 저기 있다. 용서할 생각이 없는데 불쑥

선생에게 고개 숙여 인사했다.

나를 알아보지 못한 늙은 사람은 웃으며 인사한다. 행
복도 모르는 나는 그만, 즐거워진다. 네 시의 해가 그것을
보여준다. 간절기용 얇은 외투 위로 해가 바짝 달아오르
고 전경의 가운데

소녀는 그만 부풀어 올라버린다.
웃음이 터져버린다.

선생은 내려가다가

돌아본다 그래, 사월의
만세

나무들

　용숙은 걸어가다가 뒤를 돌아본다 사람들이 올라오고 사람들이 내려가고 있다 사람들이 올라오고 사람들이 내려가는 서울의 언덕에서 용숙은 외투가 없고 춥다 건물이 보이는 언덕에서 그러나 건물로 곧장 들어갈 수가 없다 건물로 들어가려면 언덕을 내려가 다시 언덕을 올라야 한다 언덕과 언덕은 담장으로 가로막혀 있다 용숙은 담배를 피우는 손가락과 가깝다 또 담장에는 고양이 또 담장에는 고양이 두 마리는 나무와 가깝지도 멀지도 않다 새와 새의 둥지는 나무와 가까이 나무를 중심으로 언덕이 오르내리고 사람들이 멈춰 서고 사람들이 멈춰 서도 고양이는 사라지지 않고 새의 둥지도 사라지지 않는다. 언덕의 중턱에는 담장을 배경으로 한 휴게 공간이 있고 벤치가 있고 나무가 있다. 이 나무는 아까와는 다른 나무로 돌아보는 사람의 눈에는 보이지 않던 나무다.

니스

따라오지 마, 따라오지 마, 따라오지 마, 세 번 외치고
돌아봤다

검은 바다 위로 네 몸뚱이가 오르내리고 있었다

나는 많은 말을 했다. 나는 외톨이이며, 나는 씩씩하
다. 나는 왜소하지만, 왜소함을 넘어서는 매력을 가지고
있다. 너는 금빛 머리를 휘날리며 웃고 있었다. 나는 더
많은 말을 했다. 나는 그 정도 침묵에 굴하는 자가 아니
며, 침묵에는 침묵으로 맞서는, 눈에는 눈 이에는 이, 따
위의 법칙을 무시할 수 있을 정도로 강하다. 너는 곱슬머
리가 흔들리도록 웃고 있었다. 너는 내 눈을 만진다. 내
코를 꼬집는다. 나는 계속해서 말한다. 나를 만지지 말라,
장-뤽 낭시가 쓴 책을 읽었다. 나는 종교가 없지만, 신
은 믿을 만하다고 생각하므로, 너는 신을 믿느냐 묻고 싶
다. 너는 웃는다. 너는 웃다가 벤치에서 일어나 저녁 바다
로 눈을 돌린다. 내게 다가와 어깨에 두 손을 얹는다. 나
는 말을 했다. 나는 어떤 말을 했다. 기억나지 않을 만큼
많은 말을 했다. 네가 다가와 키스하고 싶어 한 순간에도

말을 했다. 나는 씩씩하고, 거절의 말도 잘한다. 그리고 부드럽고 공손하다. 나는 그렇다. 나는 그렇다. 너는 내 머리칼을 만지다 말고 웃는다. 내 머리칼이 네 손가락 사이로 흘러내린다. 너는 나를 바라보다가 옷을 벗고 바다로 뛰어든다. 나는 일어나 걷는다.

　나는 모든 장점을 갖췄다 그렇다, 그렇다, 그렇다, 주먹을 쥐고 되뇌었다 계속 따라온다면 죽여버리겠어, 그런 말은 하지 않았다 천천히 걸었다 네가 따라올 수 있도록

　너는 수영을 할 수 있었고 물고기처럼 헤엄치며 나를 따라왔다 따라오지 마, 따라오지 마, 따라오지 마, 한국어로 세 번 외치고 돌아봤다 검은 바다가 출렁이고 있었다

중노동

물고기의 경우엔 나운 물고기를 모르고 헤엄친다 그러나 나운의 마음은 나운 물고기도 알고 물고기도 안다 그것이 잘못된 것이다 그러나 구도가 잘못된 것만으로 사람을 꾸짖거나 놀릴 수 없다 그걸 알고 나운은 가끔 한강공원에 나가 묘한 데가 있는 그림으로 보이도록 자신을 움직인다. 좋아 보이는 그림이지만 가까이 다가가기는 어려운 그림이 되도록 나운은 한강대교 아래의 어느 지점에서 노래하는데 그 지점에 주민들이 당도하기는 어려운 것이다. 굳이 듣고 싶으면 멀리서 들어야 하는 나운의 노래는 나운의 마음을 노래한다 물고기는 있지만 어두운 밤이기 때문에 물고기가 수면으로 올라와 헤엄치지 않는 이상 물고기는 보이지 않는다 나운의 마음은 나운 물고기도 알아야 하지만 물고기도 알아야 하고 무엇보다 나운을 알아야 한다 하지만 나운의 마음이 항상 그러고 싶은 것은 아니다.

소

소는 죽었다. 당신이 생각하는 그 소는 아니다. 그 소
는 멀리서. 왔다. 배를 타고 왔을 수도 비행기를 타고 왔
을 수도 있다. 소 한 마리 대서양 건너 목초지에서 풀을
뜯고 있다. 슬프지만 슬픈 운명을 알고 있기 때문이 아니
라 단순히 멀리 있기 때문에. 매매 울 것이다. 당신이 먹
은 그 소도 아니고 당신이 먹을 그 소도 아니다. 송아지
였던 소도 아니다. 아기 소랑 아기 소가 아닌 소. 아기 소
인지 아기 소가 아닌 소인지 구분이 되지 않는 소. 아아
저기야 항만엔 연기를 뿜으며 도착하는 선박들. 선박들
중 하나를 통해 그 소가 실려 오지는 않았을 것이다. 잘
모르겠다. 잘 모르는 소. 구별이 되지 않는 소랑 구별이
되는 소. 특별한 날이라고 해서 죽지는 않는 소와 특별한
날이라고 해서 죽는 소와 그냥 죽는 소와 그냥은 죽지 않
고 죽어가는 소. 그러나 그 소는 그냥 죽었다. 당신은 상
황이 여의치 않은 상황에 걸맞은 사람이 되어 썬다. 운명
의 나이프. 혀를 튀겨 먹으면 별미라던데…… 먼 나라의
목초지엔 목초지가 불타는 걸 지켜볼 수 있는 이웃 나라
절벽이 있고 절벽에게도 집이 있는데 저녁엔 연기를 뿜
으며 지져지는 프라이팬.

소

명수는 작은 수첩을 하나 펴서 생각이 나는 대로 적습니다. 너는 명수에게 들은 해수의 이야기를 생각하며 해수를 생각하기도 하고 명수를 생각하기도 합니다. 명수도 생각하고 해수도 생각하지만 나를 생각하기도 하는 너는 그러나 하나도 바쁘지 않다. 산들바람이 불어오는 이 언덕에 수첩에 바쁘게 무언가를 적는 명수 하나와 나무 하나와 네가 보는 명수 하나가 있을 뿐이다. 명수는 하나가 맞고 나도 하나가 맞고 내가 생각하는 타오밍이나 명수나 세진은 하나가 다 맞는 듯하다. 너는 내 생각을 듣지 못하고 명수랑 나무랑 사이좋게 앉아서 나도 지금은 읽을 수 있는 이 시경을 즐기고 있습니다.

탐정

작은 수첩에 깨문 자국
작은 검은 수첩에 깨문 자국

점점

올라가는 (또 동시에
내려가는) 대관람차
빨갛게 칠해진
하나의 동그란
탈 것을 보며

작은 수첩 아는 사람은 다 안다는 누구나 좋아하는 문
구류 브랜드라고 주장하던 네가 선물로 준 작은 브랜드
수첩 뒤편에 사진을 하나 끼워 넣는다 아무래도 어두워
지려는 모양

나는 관람차를 향해 걸어가고 있다

바람개비를 향해 돌진하는 개처럼

돌진하는 개의 팔랑거리는 귀처럼
팔랑거리다 뒤집어진 흰 귓속은
문득, 소라를 닮아 보이는 것처럼

그 속에서 어떤 닮은 점도 발견할 수 없는 것처럼

나는 관람차를 향해 걸어가고 있다

그것은, 삿포로
일본의 북쪽 도시에 위치하고 있다

나는 북쪽을 향해 걸어가고 있다
그 속에서 어떤 닮은 점도 발견할 수 없는 것처럼

서울의 북동쪽에서 북쪽으로 전진하고 있다

　너의 환한 가르마, 생략된 것은 너의 아침에 있다 예를
들면 너의 부유함 그리고

작은 수첩은 너덜거리는 형국

작고 귀여운 개가
나의 오른쪽에 있다

종종 앞서가기도 한다

갈색의 작고 귀여운 개와 산보하는 나의 주머니엔 네가 준 검은 작은 수첩 하나, 이 북쪽을 향한 긴 산보에는 갈색의 작고 귀여운 개와 빨간 대관람차를 프린트해 끼운 검은 작은 고마운 수첩 하나를 왼 주머니에 넣은 나 그리고 이 북쪽을 향한 긴 산보에는 정북향임을 뚜렷이 밝혀줄 만한 단서 하나 없는 어두운 골목 이층 주택을 개조하여 만든 절집에만 불이 들어와 있다 개가 달려가 팔랑팔랑 떨어진 것을 물어 온다 흰 쓰레기봉투 안의 검은 봉지가 보인다

개

　K씨는 개에게 하루에 밥을 두 번 주기로 마음먹었다 K 씨는 자는 동안 잊어버린 일들을 다시 되새기는 데 아침 삼십 분 정도를 할애한다 어제는 큰 나방이 들어와 커튼 을 기어 다녔다 세면대에 피톨만 한 벌레들이 두세 마리 빙빙 한 자리에서 돌고 있었다 오줌 싸고 나서 보면 우로 한 뼘 이동해 있다 물을 한 바가지 받아서 세면대에 붓는 다 K씨는 포기하지 말자, 중얼거린다 구멍 난 팬티는 총 세 개다 이것이 소설 같고 일기 같고 또 생과 같다면, 그 래도, 고전적인 인과를 받아들이기 위해 K씨는 되새김질 이 필요하다 큰 것과 작은 것에 대한 고찰이, K씨의 전부 인데 집에만 돌아오면 자꾸 구멍 난 팬티가 늘어나는 것 이다 K씨는 하루의 일과를 최대한, 최대한 수용하려고 하고, 울면서 레이스를 하나하나 비누칠하는데 그러다 잘 시간이고 내일은 비누칠하면서 울었던 일을 복기해야 한다 그런 마음으로 누우면 평온해져 이불의 한 뼘 정도 는 개에게 양보하고 K씨는 중얼거린다 귀여운 개는 하루 에 밥을 두 번 주지 않으면 죽는다

K

K씨 이는 가지런해요 물통에 물을 반만 채우면 배까지
출렁거린다던 K씨 유명 메이커 할인 매장에 들어갔다 나
오면서 우는 K씨 이는 가지런해요 주유소 초록색 바닥에
흰 페인트가 흩뿌려져 있는 거예요 외로워, K씨는 가지
런해요 편의점 파라솔은 반의반만 파라솔이다 그렇게 말
하면서 밤중의 은행은 ATM 코너 덕분에 빛난다 그렇게
말하면서 K씨 이는 가지런해요 엄마랑 딸 사이 아닌 두
여자가 왼발 오른발 왼발 오른발 맞춰가며 걸어가고 있
어요 우리도 왼발 오른발 왼발 오른발 맞춰가며 좋을 수
있잖아요 검은 후드를 뒤집어쓴 소년들 셋이 막다른 골
목에서 튀어나오면 나는, 괜히 브라자 안 입은 가슴팍을
긁적거렸어요 K씨는, 그것도 모르고 가지런해요 외로워,
나랑 걸었으면서 배까지 출렁거린다고 했어요 이제 개가
튀어나오면 나 몰라라 만질 가슴도 바닥났고 듣고 있어
요? 철렁, 해도 K씨 이가 가지런해요 나는 믿어요

세 개 이상의 모형

삿포로와 개 그리고 수첩인데 수첩은 또 나왔다. 명수는 타오밍이 묵고 있는 스위스호텔을 바라보며 수첩을 꺼냈다. 재인은 명수의 오래된 친구이지만 유진 때문에 명수와 더 이상 만날 수가 없다. 유진은 명수의 오래된 연인으로 더 이상 명수를 참아줄 수가 없다. 그래도 유진은 명수와 함께 다니고 명수도 유진과 함께 다닌다. 함께 다니면서 수첩을 꺼내는 명수가 스마트하지 못한 탐정이라고 생각하지만 유진은 참아줄 수가 없어도 참는다. 재인은 어디로 갔을까. 오늘 명수가 생각하고 탐구하는 주제는 그것이다. 그것이 오늘 명수에게 시상을 떠올리게한다. 할 것이다. 그러나 타오밍은 걸어 나오고 결국 버스를 타고 만다. 오늘도 버스를 타고 연희동으로 가서 잃어버린 지도를 잃어버린 사람을 혼내준다 혼내주다가 울고마는 타오밍은 더 이상 한국에 있어도 한국에 있는 게 아니다. 보고 싶은 사람들. 유진은 재인은 명수는 타오밍은 유진은 보고 싶은 사람들을 알고 있다. 해서는 길을 걷다가 종암동에서 활짝 핀 붉은 철쭉을 보고 예쁘다고 생각한다. 밤이 오기 전에 여기서 빠져나간다.

안개

그러나 예보는 있었다. 소량의 비를 동반한 돌풍이 올 것이라고 했다. 주민들은 헤매고 싶다. 돌풍이 올 테니…… 귀가를 조금은 미루고 싶다.

안개

　동생에게 전화해서 오늘 이상한 꿈을 꿨다고 했다. 멈출 수 없는 답가를 부르다가 목이 말라 죽은 남자에 대한 꿈이었는데 동생은 깜짝 놀라며 바로 그 남자가 내 남편이고 작년에 죽었잖아 한다. 절대로 속지 않는 동생이지.

바다가 보이는 집

　　바닷가 따라서 걷다가 떡갈비를 파는 프랜차이즈 식당
에 들어가 앉는다. 바닷가 따라서 걷다가 따라 들어오는
사람은 내가 모르는 사람. 누가 보면 이상한 그림인데 나
는 조금 더 멀어질 요량으로 밥을 얼른 먹고 나온다. 이
제 멀어진 사람아 따라오지 말기를. 바닷가 마주한 벤치
에 앉아서 바다 비린내 맡으며 귤을 먹는다 귤을 먹고 일
어나는데 아는 사람을 만나버렸다. 난 너도 줄 테니 먹어
하고 귤을 까서 손에 얹어준다. 사람은 동네 사람이고 나
는 여기 사는 것이었다. 그걸 이제 알게 되다니 나는 식
당으로 다시 돌아가 사람을 보고 싶어 사람의 이야기에
집중을 할 수가 없다.

속초

너의 등은 흰 손처럼 차갑네. 내 손은 너의 등처럼 차가워서 희네. 너의 등처럼을 그만하고 싶네. 귤을 까서 불가사리를 만들었네. 귤색 불가사리는 누구의 손도 아닌 따뜻한 테이블에 얹혀 있네. 여러 겹 쌓네. 그래서 여러 개의 뼈다. 너의 뼈는 누구의 입도 아닌 따뜻한 테이블에서 정지하네. 여러 겹 쌓네. 나는 놀이를 시작했다. 탑이 무너질 때까지 고개를 돌리지 않는 너. 너에게서 고개를 돌릴 수 없는 너도 놀이를 시작했네. 큰 바다를 앞에 두고도 작은 우리의 숙소였네.

노래하고 사라진 사람들

묵을 갈랐습니다. 어디까지나 갈색입니다. 묵을 또 가르게 되었습니다. 젓가락질이 서툰 탓입니다. 아, 너에게 먹여주고 싶었는데. 후두둑 떨어지는 것이 비는 아니겠고. 꿀렁이며 보드랍게 조각나는 것이 마음은 아니겠는데. 너는 젓가락질을 가르쳐주겠다고 했습니다. 어디까지나 호의였습니다. 나는 그렇게 믿었지요. 검은콩을 옮길 수 있습니다. 노란콩도 옮길 수 있겠고요. 그러나 묵은 갈라집니다. 내 탓이 아니야, 내 손가락 탓도 아니고, 내 젓가락 탓도 아니라고 투정 부리고 싶었습니다. 비가 내리자마자 얼어버리는 영하의 겨울입니다. 나들이를 나서자마자 손이 얼어서 곧 돌아가야 하겠지요? 너는 곧 녹아버릴 고드름 두 개 꺾어 들고 수줍은 마음입니다. 내게도 하나 주었어요. 빨간 털장갑 위에 고드름 하나 터질 듯합니다. 너는 아, 하면 먹여준다고 했지요. 내가 아기새처럼 받아먹을 것이라 생각하는 모양입니다. 그런 관계는 질색인데요. 하늘을 보세요. 철새가 곧 돌아갈 모양입니다. 그리고 봄을 알리는 비가 내릴 모양입니다. 나는 젓가락질은 영영 못 할 모양입니다. 부드러운 것들은 쉽게 조각, 조각, 나는 모양입니다.

사라진 사람들

　사람들은 바다가 보이는 집을 지나 사람들을 지나 걷고 있다 사람들은 앉아서 사과를 나눠 먹고 있다 사람들은 달리고 있고 사람들은 차에 올라타고 있고 사람들은 헤어지고 만나고 있고 사람들은 차에서 내려 트렁크에서 가방을 꺼내고 있다 사람들은 사람들을 지나 바다가 보이는 집을 지나 다가오는 사람들을 지나친다. 사람들은 차에서 사람들을 보고 그러나 기억하지 못한다. 겨울이고 그러나 사람들은 걷는다. 겨울과 겨울의 바다는 여기에서만 보인다. 겨울도 보고 겨울의 바다도 보려면 이곳으로 와야만 한다. 이곳으로 오기 위해 사람들은 일어서서 걷고 걷다가 카페에 들어가 따뜻한 차를 마시고 잊어버린다. 그리고 생각이 나면 오겠지 잊어버린 사람들. 잊어버린 사람들은 그러나 겨울이 오면 겨울도 보고 겨울의 바다도 보려고 바다가 보이는 집을 지나 공영 주차장으로 올라간다. 공영 주차장은 언덕 위에 있어 무조건 올라가야만 한다.

겨울

갑니다. 우리는 상승 가도를 달리고 있습니다. 과도를 줘. 사과를 깎습니다. 사과를 잘 못 깎는 네가 사과를 깎습니다. 주유소에 멈춥니다. 가득 채우고 달립니다. 어디까지나 상승 가도입니다. 너는 멈추고 머리를 짚습니다 하얗게 질린 손이 칼을 들고 있습니다 질렸습니다 그래도. 그래도는 그래도의 기분입니다. 나는 그 기분을 모릅니다. 멈춥니다. 장면이 새파랗게 얼었습니다 겨울이다. 나는 말했습니다. 너는. 한 조각 사과를 먹입니다.

꿈꾸는 사람들

꿈거북은 등에 책을 얹고 걸어가다가 우연히 김유림과 마주친다 놀란 두 눈의 꿈거북은 갑자기 생겨난 길을 가로지르다가 숨고 말았다 나무들이 솟고 나무들이 흔들리고 나무들이 길어지고 무성해진다. 김유림은 꿈거북의 얼굴을 생각하느라 꿈거북의 행방을 더 이상 쫓을 수도 기록할 수도 없다. 명수는 이것을 수첩에 적고 있다. 명수가 수첩에 얼마나 작은 글씨로 이것을 적는지 누구도 그것을 읽어낼 수가 없지만 유림은 괘념치 않고 작은 종이에 꿈에서 본 꿈거북의 얼굴을 그리고 꿈거북의 등을 꿈거북의 다리를 그린다 꿈거북이 등에 흔들흔들 얹고 다니던 책탑을 그린다 선을 몇 개 직직 그어서 책탑을 그리고 선을 두 개 샵샵 그어서 흔들림을 표시한다. 나란히 앉아서 유림과 명수는 같은 이야기로 다른 이야기를 상상하고 동상이몽이란 이런 것이군 동시에 생각한다. 생각할 것이라고 나는 생각하다가 사람을 부른다. 하이, 익스큐즈 미, 캔 아이 해브 썸 워터? 타이베이로 날아가는 내가 타오밍이라면. 타오밍이라면 잠시 잠깐 잊어버린 사람들을 생각하고 사람들이 자신을 어떤 사람이라 생각할까 생각한다. 우리야 당연히 사라진 사람을 사라진 사람이라 생각한다. 사라진 사람의 흔적을 쫓는 명수의 꿈을 응원하고 그러나 꿈에서까지 단서를 찾으려는 명수의 지독함은 응원할 수 없다.

바게트

　바게트를 먹었네 네가 한 말은 잊고 싶었고 말보로를 피웠네 네가 준 거였지 허물어진 성벽 비슷한 거 옆에 걸터앉아 먹었네 네가 한 말은 잊고 싶었고 너는 여행을 잠시 다녀오겠다고 한 건가 내가 산 건 치즈다 치즈 한 조각을 바게트에 올려서 먹었네 네가 한 말은 잊어가는 중인 것 같고 바다를 본다 초가을에도 수영하는 사람들이 있어 바게트를 먹네 네가 한 말은 잊고 싶었고 여기는 묘지가 아름다웠네 묘비는 제각각이고 네가 한 말을 잊고 싶어서 모르는 남자를 따라갔더니 무덤이었네 나는 오늘도 바게트를 먹네 남자가 찾아와 말보로 한 개비를 주었네 잊고 싶은 게 있었는데 남자가 내 옆에 걸터앉았네 나는 프랑스어를 몰라 바다를 본다 초가을에도 뛰어드는 사람들이 있어 잊어가는 중이었는데 그가 말보로 한 개비를 주었네 손을 잡고 Park Park 묘비가 제각각이었지 누운 묘비 낮은 묘비 거대하게 흰 묘비 나는 잊어가는 게 있는 것 같고 노닐면서 이 사람은 숨바꼭질이 뭔지도 모를 텐데 자꾸 숨었네 이국의 묘지기가 나를 숨겨주었네 매일 바게트를 먹었네 그가 준 거였지 치즈도 주었고 바다를 찾아올 겨울로부터 숨은 내가 잊어야 할 무엇에 대해 생각했네 그것은 문 혹은 그 비스무리한 나는 여행을 잠시 다녀오게 된 건가 여기는 묘지가 아름답네 그가 매일 말보로 한 개비를 주었네 바게트를 먹으며 매일 생각했다 저 바다 겨울에도 바다로 뛰어드는 관광객들, touriste, 그가 내게 꽃을 내밀며 말했네 오늘은 뭔가를 잊어가는 중인 것 같고 나는 이제 바닷가로 내려가보고 싶다고 말했네

어딘가 따뜻한 나

아직 추운데 사람들이 발목을, 손목을, 드러내고 다닌다 저것이 도약이야, 우리는 겨울에서 봄으로 도약하지, 해정은 내게 말했다 아직 추운데 공사가 시작되었다 보도블록을 파헤치고 보도블록을 다시, 깔고 있다 공사 중엔 흙길을 걸어야 할 것이다 봄비가 내리면 신발 밑창에 들러붙은 흙덩이를 끌고 다녀야 할 것이다 간혹 신발을 문턱에 긁어대면서 아직 추운데, 용서를 비는 사람들이 많을 것이다 그것이 비약이라고, 벗은 마음은 급격히 여름으로 가버린다고, 여름에는 땡볕과 장마가 있는데 장마와 땡볕이 있는데 마음은 급격히 여름의 끝으로 가버린다고, 해정은 내게 말했다 해정은 말한다 발을 들어 올릴 때마다 바지 밑자락이 부딪친다 나는 아직 어린데 내게 용서를 비는 사람들이 많았다 그러나 나는 나에게서 아기를 보았고 그것이 성년의 시작이었다 나는 발을 굴렀다 해정은 해정은 계속 말하고, 나는 발을 굴렀다 어딘지 모르게 무거운데, 뿌리칠 수 없다 이것은 시작이야, 시작이야, 나는 나의 손목을 붙잡아 불씨를 당겼다

104

주유소에서

　　주유소 뒤편으로 골목이 하나 있는데 그 골목과 나영의 집으로 가는 골목은 만난다. 나영이 퇴근하고 집으로 가는 길에는 주유소가 있고 맥도날드가 있고 복사집이 있고 브런치를 파는 수제 빵집이 있다. 문 닫은 술집이 있다. 나영은 그 술집에서 최소한 세 번은 거나하게 술을 마시고 안주를 많이 먹었다. 나영은 그러고도 아침에 늦지 않게 출근했습니다. 주유소에서 오른쪽 골목으로 빠져나가면 갑자기 큰 공터가 나오는데 공사 중이라 가로지를 수가 없다. 주유소에서 왼쪽 골목으로 빠져나가면 갑자기 집들이 나오는데 언제나 있던 그런 집들로 오래된 벽돌주택들이 대부분이다. 그 골목에는 어쩌다 고양이가 지나가고 자전거를 탄 늙은 사람이 지나가고 나영이 지나간다. 나영을 아는 고양이도 지나가고 나영을 알지만 나영은 모르는 고양이도 지나간다. 대부분의 사람들은 주유소에서 왼쪽으로 가든 오른쪽으로 가든 나영의 집이 결국 나오고 만다는 것을 모른다. 가로지를 수 없다고 해서 못 간다는 뜻은 아니지 나영은 생각한다. 별것도 아닌데 웃기는 나영의 집 가는 길.

누군가는 반드시 웃는다

붕붕이가 지나간다. 붕붕이는 남자의 빨간색 스쿠터다. 남자는 붕붕이 위에 자라를 태우고 지나간다. 자라는 남자의 친구다. 자라는 남자의 빨간색 스쿠터에 자라를 그려주기로 했고 그 결정은 순식간에 이루어졌다. 자라는 미대생이 아니다. 자라는 동물에 관심을 가지고 있지 않으며 취미로 그림을 그리지도 않는다. 자라는 러시아어를 공부한다. 한때 연모하던 남자가 러시아 태생이었다는 이유로 러시아어 공부를 시작했지만 누군가가 이 적나라한 인과를 지적하면 분노한다. 붕붕이가 남자와 자라를 태우고 호치민의 동코이 거리를 달린다. 자라는 광화문의 정동쪽을 향해 끊임없이 달리면 정동진이 나온다는 사실을 기억하고 있다. 자라는 호치민의 동부에 위치한 무이네 해변에 가고 싶다고 말한다. 붕붕이는 무이네 해변으로 향하고 있지 않다. 자라는 자라는 웃는다.

남자는 여자의 호텔 방 안에 들어가본 적이 없다. 그러나 여자의 방에 여러 명의 남자가 드나든다는 사실과 여자가 충동적으로 구매한 유화용 물감 세트와 붓 세트가 바닥에 널려 있다는 사실을 알고 있다. 남자는 별명을 좋아하지 않으며 그건 여자도 마찬가지다. 남자는 모른다. 별명을 바꾸면. 여자는 남자가 물감과 붓을 가지고 어디에, 무엇을 그리는지 알지 못한다. 여자는 그림을 그림으로 가리고 싶다. 여자는 그림에 솜씨가 없다. 남자는 여자의 그림을 본 적 없다. 붕붕이가 같은 골목을 두번째 돌고 있다. 누군가는 거북이 대신 자라를 선택한 것이 우연이라고 말한다. 누군가는 헬멧 때문에 잘 들리지 않는다고 말한다.

나는 안목이 없을지도 모른다고 말하지 않는다. 등판을 도화지 삼아 그림을 연습하고 있을지도 모른다고 말하지 않는다. 이전에도 파란색 초록색 노란색 붕붕이들을 타고 이 도시를 벗어나려고 했음을 말하지 않는다. 남자는 거의 말하지 않는다. 나는 연상의 남자만을 사랑해왔다. 그렇다. 여자는 거의 말하지 않는다. 붕붕이가 지나간다. 붕붕이가 뒤섞인다. 붕붕이가 같은 골목을 열번째 지나갈 때 누군가는 젊고 누군가는 늙어간다. 누군가는 반드시 웃는다.

꿈의
꿈

　간 사람은 돌아와 그러나 간 사람을 찾으러 갔던 사람
은 돌아오지 않는다 그래도 나무가 있고 나무가 있다 나
무가 있는데 또 나무가 보인다 그만하고 싶지만 나무가
있고 나무가 있다 그만하고 싶어도 나무는 그만하지 않
고 시청에서 고용한 인부들이 심은 그 자리에서 움직이
지 않고 있다 가로수는 가로수지만 나무는 나무다 사람
들이 지나가고 나무가 있고 사람들이 지나가도 나무가
있다 나무가 없어도 있어도 간 사람은 돌아오고 간 사람
을 찾으러 갔던 사람은 이상하지 돌아오지 않는다 사람
은 거기서 가정을 꾸리고 외국어로 말한다 그래도 나무
가 있고 나무가 있다 사람은 그래도 나무가 있고 나무가
있는 서울의 거리에서 나처럼 걷는다 이렇게

일렬로 일렬은 일렬이지만 일렬에 반하는 형태로 천천히 빠져나온다 사람들은 빠져나온다 사람들은 사람들의 뒤에서 사람들의 옆에서 사람들의 안에서 사람들의 바깥에서 그러나 여전히 사람들은 무리를 지어 그러나 여전히 무리의 바깥에서 사람으로서 걸어가고 재한도 사람으로서 걸어간다 재한은 돌아서서 마지막으로 세 개의 방을 나선 작은 관람객이 버스에 올라설 수 있도록 돕는다 누군가는 재한을 보고 누군가는 재한이 돌아가게 될 도시를 본다 사람들이 나가고 김유림은 생각한다 재한이 나가고 엎드려 생각한다

세 개 이상의 모형

우리는 생각하는 김유림을 감싸 안는다 그리고 부드럽게
이동한다 우리가 만드는 벽과 우리가 허무는 벽과

우리가 그래서 점유하는 공간이 장소가 되어가고 있다

갈라지는 책
갈라지는 책

사람들은 돌아간다 버스를 타고 택시를 타고 KTX나 자
전거를 타고 돌아간다 일단 재한이 돌아가고 에릭 타오
밍이 돌아가고 해수가 돌아가고 재인이 돌아가고 나영
이 돌아가고 해정이 돌아간다 나운이 돌아가고 다시 나
영이 돌아가고 유진이 돌아가서 유진이 돌아간다 민수
나 명수도 돌아가고 이바노브나도 지니도 사샤도 재경
도 동수도 빈트 칼둔도 성룡도 명호도 간다 사람들이 돌
아가고 김유림은 생각한다 사람들이 돌아가고 엎드려
생각한다 우리는 생각하는 김유림을 감싸 안는다 그리
고 부드럽게 이동한다 우리를 만드는 벽과 우리를 허무

는 벽과 우리를 그래서 점유하는 공간이 책이 되어가면
서 김유림을 영원히 밀어내고 있다 당신이나 한국에게로

노천탕은 작았다

노천탕은 작았다. 미닫이문을 열어 나는 나갔지. 노천탕은 작았고 나는 노래하지. 순무싹. 순무싹을 닮은 작고 귀여운 머리 하나와 노천탕으로 들어가지. 익는다. 순무싹. 안심해. 미닫이문은 오래되었고 마루는 삐걱거린다. 미닫이문을 열어! 우리가 다시 방으로 들어갈 수 있도록. 화가 나서 소리를 쳐서 화가 치밀어서 미안하다. 잠음이 들리네. 조용하니까. 노천탕은 작네. 지친 외국인 관광객은 광목으로 만든 하얀 이불을 덮고 긴 낮잠을 잔다.

사랑하는 나의 연인

서사가 있다면 다르 씨는 돌아올지도 모른다. 그 사람은 그렇게 말하고 방에서 나가버렸다. 화장실 갔다가 곧 돌아올 것이다. 사람들은 다르 씨를 벌써 잊어버렸다고 나는 생각한다. 뉘른베르크를 생각하고 사진사를 생각하고 라무네를 마신다. 그 사람은 거제 조선소에서 일한다. 그 사람은 허리가 좋지 않고 그래서 배가 나왔다가 배가 들어갔다. 그 사람은 다 늙어서 못 누리는 삶이 싫고 끔찍하지만 견딜 수 있는 만큼 견디는 사람이다. 그 사람 그 사람 나는 라무네(레몬맛)를 마시고 사람들은 다르 씨도 잊어버리고 다르 씨의 안부를 궁금해하던 그 사람도 잊어버렸다. 난 그럴 때 어떻게 해야 해? 사랑하는 나의 연인. 자리에서 일어나 테이블 위에 놓인 빈 병의 개수를 세네요. 갑자기 세레나데. 갑자기 펭귄 춤. 갑자기 갑자기 노래하고 외치고 실없이 웃는군.

하나는 여럿 둘은 셋

강보원
(문학평론가)

불안의 확장

김유림의 시를 두고 그의 "정확한 생각"[1]에 대해 말하게 되는 이유는 가령 이런 것이다. 정확하게 생각하지 않을 때 우리는 질서의 반대말을 무질서라고 여긴다. 그와 같은 관점에서 보았을 때 연속성의 반대는 무연속성일 것이다. 하지만 연속성이란 사후적으로 형성되는 것이므로 무엇이 어떤 방식으로 배치되든 간에 연속성은 항상 존재한다. 이는 언뜻 궤변처럼 들리지만 단순히 우리가 받아들여야만 하는 하나의 사실이다. 이 역설을 존

---

1 조재룡 해설, 「미로의 미래: 생각, 그리고 편지의 탄생」, 김유림, 『양방향』, 민음사, 2019, p. 162.

케이지는 이렇게 정리한다. "무연속성이란 간단히 말해 우연히 발생하는 연속성을 수용한다는 뜻이다. 연속성은 정반대를 뜻한다: 다른 모든 연속성을 배제하는 특정한 연속성을 만들어내는 것"이다.[2] 즉 연속성과 무연속성의 차이는 배치된 대상들의 외관이 연속되느냐 단절되느냐를 판단하는 데에 있는 것이 아니라, 수많은 연속의 가능한 계열들 중에서 어떤 것을 특권적이라 인정하느냐 그렇지 않느냐에 있다.

글쓰기는 종종 관습화된 인식을 거부하고 사물 자체에 접근하는 방법이라고 이야기되지만, 아마도 그런 표현을 불완전하다고 해야 할 이유는 어떤 대상도 그 자체로 우리에게 나타날 수는 없으며 항상 특정한 자리에 기입되어야만 하기 때문이다. 언제나 – 이미 이 자리를 마련해놓는 것이 하나의 질서라고 한다면, 이 질서를 거부하는 일은 완전한 무질서의 추구일 수 없다. 우리에게 가능한 것은 우연히 발생하는 질서를 수용하는 것이며, 다른 모든 질서를 배제하는 특정한 질서를 거부하는 일이다. 우리가 거부해야 하는 것은 질서라는 것이 존재한다는 사실 자체가 아니라 특정한 질서 외에 다른 질서가 존재할 수 없다는 생각, 지금 있는 이 질서가 필연적이라는 생각이다. 바로 이러한 인식, 우리가 자연적인 것이

2 존 케이지, 『사일런스』, 나현영 옮김, 오픈하우스, 2014, p. 163.

라 여기는 소위 현실, 기억, 자아와 타자의 구분 등을 포함하여, 특정한 질서를 수립하는 모든 기입 자체는 언제나 필연성을 결여하므로 본질적으로 우연적인 과정이라는 인식이 김유림의 시 전반에 걸쳐 작동하고 있다. 이 우연성이 최대한으로 확장될 때 모든 대상은 자신의 고정된 자리를 잃고 서로 교환 가능한 것이 된다. 예컨대 『양방향』에서 주로 다뤄지는 시간과 기억의 기이한 얽힘들은 결코 회상이라는 단순한 역전의 과정으로는 설명될 수 없다. 거기서 나타나는 것은 이미지와 그것의 시간적 기입 사이의 분리이다. 과거의 자리에 기입되어 있던 이미지는 그것의 자리를 떠나 현재가 되기도 하고 미래가 되기도 하며, 반대로 아직 일어나지 않은 미래의 일이 과거의 자리에서 기억이 되기도 한다. 그러므로 이러한 시간성을 특징짓는 것은 그것의 가장 내밀한 핵심에 있는 비시간성 자체이다.

김유림의 두번째 시집 『세 개 이상의 모형』에서 전면화되고 있는 것은 바로 이 교환 가능성에 대한 탐구이다. 전작인 『양방향』이 주로 시간과 기억에 관련하여 이 부유하는 이미지들 사이에서 "원하는 공간으로 수십 번씩 순간이동하고 원하는/만큼 사랑"[3]하는 역량과 그 역량 자체의 한계 없음에 대한 불안을 동시에 포착하게 되는

---

3 김유림, 「에버랜드 일기」, 같은 책, p. 140.

현장에 대한 탐사의 기록이었다면, 이번 시집에서 김유림은 이 교환 가능성의 불안을 축소하는 것이 아니라 오히려 확장하여, 기억뿐만 아니라 그 기억으로 지탱되는 '나'라는 지칭마저도 타인과 교환한다. 그는 심지어 이 모든 교환의 장소인 글쓰기의 자리마저도 교환의 대상으로 삼아 글쓰기의 내부에 기입하는 혼란을 적극적으로 수용하면서 그곳을 자신의 놀이의 장소이자 전시의 공간으로, 영원히 임시에 불과한 거주지로 받아들이고자 한다. 무엇도 뚜렷하게 보이지 않는 「안개」(p. 93)[4] 속에서 고정된 모든 것을 뒤섞어놓을 "돌풍이 올 것이라"는 예보에도 불구하고 "헤매고 싶"어 하는 주민들, 오히려 "돌풍이 올 테니…… 귀가를 조금은 미루고 싶다"는 그들은 바로 이 돌풍이 몰아치는 거리만이 진정한 거주지라는 것을, 이 헤맴이야말로 그들이 원하는 귀가라는 것을 직감하고 있는 이들이며, 『세 개 이상의 모형』은 바로 이 헤맴의 기록이다.

부유하는 이미지들

앞서 얘기한 것처럼 기억이란 특정한 배치의 결과이

---

4 이 시집에 수록된 시를 인용할 때 같은 제목의 시가 있을 때는 페이지를 병기하고, 제목에 행갈이가 된 경우에는 /로 표시했다.

자 그 배치를 수행하는 우리의 무의식적인 행위이기도 하다. 시간과 관련하여 우리는 우리가 표상하는 어떤 이미지든 그것을 일어난 것, 일어나고 있는 것, 일어나지 않은 것이라는 세 종류로 구분한다. 그러나 우리가 기억이라고 여기는 이미지들에서 그 속에 기입된 날짜를 모두 제거한다면, 이제 그것들은 무엇이 되는가? 그것들은 기억과 현실의 구분 자체의 무의미함을 증거하는, 부유하는 영상들일 뿐이다. 「영상들 2」에서 우리가 보는 것이 바로 그런 상황이다.

해수는 오늘에 와서도 조류박물관에 갔던 것을 기억할 수 있다. 잊기는 잊었다.

잊기는 잊었다. 반복하는 것이다. 사이사이 잊기를 잊게 되면 무시할 수 없는 기억이

무시무시하게 반복한다. 기억이 반복하는 것이다. 기억이 반역하는 것이고. 해수는 그저 앉아 있을 뿐이다. 올리브색 조끼와 꽃무늬 치마를 입은 채 엉거주춤하게 앉아 있을 수만 있다.

[……]

너는 잘 듣고 있다. 그건 아마

입술이 기억하는 영상과 영상이 기억하는 입술이

달라서 벌어지는 일이다

—「영상들 2」 부분

    이 시에 등장하는 "너"는 "어린 해수의 입술에 흉터가
생기게 된 경위를 듣고 싶"어 한다. 그러나 화자인 해수
가 들려주는 것은 전혀 다른 이야기, 해수가 입술을 다
치게 된 그날이 아니라, 이미 그 흉터를 가지게 된 후의
기억이다. 해수가 "너"를 골탕 먹이기 위해 일부러 그런
이야기를 하는 것은 아니며 오히려 해수에게는 이 조류
박물관의 흰머리수리 이야기를 계속 반복해야만 하는
이유가 있다. 이 흰머리수리의 이미지는 그것이 원래 있
어야 할 자리에서 벗어나 불러내지 않았는데도 출몰하
며, 맥락과 무관하게 반복되고, 심지어 전혀 다른 맥락
속에 자기 자신을 기입한다. 즉 자신이 흉터의 기원임을
자처한다. "잊기"란 기억의 한 방법으로 맥락에 맞지 않
는 영상들을 눈앞에 표상되지 않도록 억압하고 적절한
이미지를 호출할 자리를 확보하는 일이다. 그러나 해수
가 처한 것은 정확히 그 기억술의 한 도구로서 "잊기를
잊게 되"어버린 상황이며, 그것은 "영상들"에 대한 통제
권의 상실을 의미한다. 고삐가 풀린 이미지는 "무시무시
하게 반복"하며, 그러므로 그것은 내가 기억하는 것이

아니라 "기억이 반복하는 것"이며 또한 "기억이 반역하는 것"이다.

이 모든 일이 실제로 일어날 수 있는 까닭은, 해수가 말하듯 "입술이 기억하는 영상과 영상이 기억하는 입술이" 다르기 때문이다. 여기서 입술이란 흉터의 장소이자, 영상을 기록하는 글쓰기를 실행에 옮기는 손이다. 말하자면 글쓰기의 대상인 기억-흉터는, 글쓰기-입술 자체에 내재한 것이므로, 글쓰기는 자신과 무관한 어떤 대상을 기록하듯 기억을 기록할 수 없다. 오히려 더 명료한 글쓰기를 시도하려고 하면 할수록 드러나는 것은 이 내부의 얽힘, 글쓰기의 대상으로서의 기억과, 기억의 조건으로서의 글쓰기의 분리할 수 없는 얽힘이다. 그러므로 이 얽힘으로부터 드러나는 간극이 있다면 그것은 통상 이해하듯 글쓰기와 기억 사이의 간극이 아니라, 글쓰기와 글쓰기 사이의 간극이며, 기억과 기억 사이의 간극이다. 기억이란 오히려 이 간극들의 인식으로부터만, 그것의 벌어짐으로서만, 순간적으로, 어떤 합당한 이유도 없는 각인처럼 발견되는 것이다. 해수가 흰머리수리 앞에서 동생과 포즈를 취하고 활짝 웃었을 때, 그러지 않았더라면 아물고 사라졌을 "흉터가 기일게 부각되었"으며, "그것이, 입술이,/기억하는 섬광 같다"고 해수는 말한다. 바로 이 섬광이 흉터의 유일한 기원이며 이 섬광을 촉발하는 이미지는 언제든 어떤 방식으로든 바뀔 수 있는 것으로, "다르게 기억할 수도 있다".

중요한 것은 원본적 과거의 상실이라거나 언어적 재현의 한계라는 테마가 아니라, 기억이라는 장소에 기입된 이미지와 기억이 아닌 다른 장소에 기입된 이미지들 사이의 자리 잃음과 자리바꿈이며, 그것들의 교환 가능성 자체이다. 그렇다면 이는 단지 기억에 관련된 것일 수만은 없다. 예컨대 처음 보는 타인의 이미지는 그 단편적인 이미지로부터 촉발된 다른 이미지와 뒤섞이며 바로 그 타인의 과거 혹은 미래 속에 기입되기도 한다.

번호만 붙어 있는 시들 중 하나인 「20」에서 화자는 "무릎을 주무르고 있"는 한 여자를 본다. 아마도 어느 카페에서, 먹다 남은 것으로 보이는 "케이크 두 조각을 포장"한 여자는 이제 그 포장된 케이크를 들고 어디론가 가는 것이 자연스럽다고 생각되지만 "누군가를 기다리는 것처럼 기다리는 누군가가 올 것처럼 자리를 떠나지 않고 자리를 차지하고 있다". 화자의 시선을 사로잡은 것은 언제라도 떠날 것 같지만 떠나지 않고 머물러 있는 여자의 '딱 들어맞지 않음'이다. 그 들어맞지 않음의 포착으로부터 글쓰기가 시작된다. 그녀는 무릎이 아파서 잠시 쉬는 것일 수도 있지만 무릎을 주무르는 모습만 보고서는 "그녀의 무릎이 실제로 통증을 유발하는지는 알 수 없다". 무릎을 주무르는 이미지는 통증의 완화라는 익숙한 자리에 기입되는 대신, 누군가를 기다리기 위해 자신의 출발을 지연시키는 행위의 자리로 옮겨 간다. 이 옮겨 감은 또한 카페에 앉아 있는 여자 자신의 자리를 옮겨놓는다. 바로 이 옮겨 감의 가능성으로부터 화자는 모종의 부富를 발견하는 것이며, 그로부터 촉발된 또 다른 영상이 여자의 자리에 끼어든다. "그림 하나를 수십 억에 파는 유명 화가라면 어디라도 갈 수 있을 것이"며, 그 이동 가능성은 또한 그녀를 "예순이 넘었지만 세계적인 명성을 얻는 바람에 어디로든 가야 하는 화백"의 영상의 자리에 기입한다.

여기서 쓰이고 있는 것은 단순한 화자의 상상이 아니다. 적어도 이 글쓰기의 차원에서 실제로 이동 가능성을 가지고 있는 것은 무릎을 주무르던 여자 자신이다. 이렇게 생각해보자. 만약에 누군가가 무엇을 받을 자격이 없었다면, 다른 누군가는 결코 그에게 그 무엇을 줄 수 없었을 것이다. 주는 자와 받는 자의 관계는 이렇듯 역전될 수 있으며 이 증여의 관계를 가능한 것으로 만드는 역량은 받는 자에게 속한다. 그러므로 "주인에게 홍시를 받아서 먹는" "그녀 자신은 이미 주인처럼 보"이며 "이미 주인이다".

그런데 이렇듯 내가 기억하는 것, 내가 보는 것, 내가 아는 것 혹은 알지 못하는 것이 서로 교환되며 서로의 자리를 지우는 일은 단지 타인을 어떻게 인식하느냐의 문제에 그치지 않는다. 오히려 이 무차별적인 교환이 이

중적으로 무너뜨리는 것은 자기 동일적인 '나'라는 관념
이다. 왜냐하면 내가 무엇을 기억하고 무엇을 보고 무엇
을 알고 알지 못하는가라는 문제는 나라는 존재를 구성
하는 것이며, 한편으로 나는 타인에 의해 기억되거나 보
이거나 알려지거나 알려지지 않는 존재이기도 하기 때
문이다. 다르게 기억할 수 있다는 말은 다르게 기억될
수 있다는 말과 다르지 않다. 그러므로 통제의 실패 역
시 이중적이다: 나는 나 자신의 내부에서 일어나는 이
지각 과정을 통제할 수 없을 뿐만 아니라, 나의 외부에
서 내가 보여지는 방식도 통제할 수 없다.

자리 바꾸기와 자리 잃기의 놀이

「1/나의 마음」에서 우리는 바로 그 통제의 실패를 본
다. "나는 생각보다……"로 이어지는 구절에서 드러나는
것은 우리 자신을 자신의 자리에서 벗어나게 하는 타인
의 시선이 초래한 결과들이다. 그것은 나를 내가 아닌 낯
선 곳에 옮겨두며 그곳에서 나는 "얼굴이 굳어 미소 짓
기가 어렵"다. 이상화와 경멸이란 원래 종이 한 장 차이
이기 때문에 나를 "생각보다 날쌔고 유연하고 이상적인
물고기"로 만드는 것은 결국 나를 "기형화된 물고기"로
만드는 것과 같다. 그런데 나의 본모습과 무관하게 타자
의 시선에 의해 결정되는 나의 이미지라는 익숙한 주제

를 다룬 것처럼 보이는 이 시는 「1/나운의 마음」과의 관계 속에서 읽힐 때 추가적인 비틀림을 획득한다.

여기서 중요한 것은 이 두 편의 시가 거의 대부분 동일한 문장의 반복으로 이루어져 있다는 사실이다. 내가 나로서 보이지 않는다고 하는 감각은 물론 괴로운 것이며 일종의 슬픔이기도 하다. 문제는 그 괴로움과 슬픔이라는 정서가 결국 우리에게 '있는 그대로의 나'와 같은 무언가가 존재한다는 환상을 보증해주는 가장 내밀한 확신으로 작용하게 된다는 것이다. 이 두 편의 시의 대칭성과 반복이 드러내는 것은 바로 그 내밀한 확신마저도 나에게 고유한 것이 아니라는 사실이다. '나'의 마음을 기술하는 이 문장들은 언제나 타인에게서 반복될 수 있으며, 그러므로 그것은 고정된 것이 아니라 옮겨 다니는 외부의 것이다. 이 반복 가능성의 인식은 '나'를 흘러 다니는 마음―문장이 기입되는 장소에 불과한 것으로 인식하는 일과 같다. 동시에 그것은 '나'라는 장소 자체가 "나운"이라는 타인을 지시하는 기표와 단 한 글자의 차이로서만 지탱될 수 있다는 사실을 확인한다. 즉 '나운'의 마음은 '나'의 마음을 상대화한다: '나'의 마음 자체는 다른 곳으로 옮겨질 수 있는 것일 뿐만 아니라 애초에 옮겨 왔을 수도 있는 것, 그러니까 내가 이곳이라고 여겼던 곳이 처음부터 다른 곳이었다는 사실을 확인해준다.

어떤 것에도 고유한 자리가 없다는 말은 그것이 언제

나 잘못된 자리에 기입된다는 말과도 같다. 이러한 오기입은 이 시집의 장소성 자체를 특징짓는 것이기도 하다. 김유림의 시에서 주로 배경이 되는 공간은 지금 여기로부터 멀리 떨어진 외국도 아니고 우리에게 익숙한 한국도 아니다. 어떤 공간이 외국이라면 그곳은 한국이라는 자리에 기입되어야 하며, 반대로 한국이라면 그곳은 외국에서 발견되어야만 한다. 따라서 김유림의 인물들은 언제나 "임시 거처"(「12」)에서, "출장차 서울에 왔는데 그사이 회사가 불타서 없어"진 바람에 머물게 되는 한국의 "스위스호텔"(「13/유진 생각」)에서, "서로 집이 없어서 서로가 집에 가기만을 기다리면서" 함께 걷는 "도쿄의 서울 밤"(「12」)에서 서로를 만나거나 만나지 못한다. 이 이상한 장소성 속에서 우리는 "더 이상 한국에 있어도 한국에 있는 게 아니다"(「세 개 이상의 모형」, p. 92).

장소성에 대한 이런 인식은 더 이상 우리가 돌아가야 하지만 상실된 것으로 여겨지는 장소를 남겨두지 않는다. 말하자면 위의 문장을 우리는 '더 이상 슬픔 속에 있어도 슬픔 속에 있는 것이 아니'라고 바꿔 쓸 수 있다. 김유림이 마주한 정처 없음이란 자신의 자리에 머무를 수 없는 슬픔이기도 하지만, 그 자신의 자리라는 것이 애초부터 없었다는 정확한 인식으로부터 그 슬픔 속에조차 머물 수 없도록 하는 것이기도 하다. 그렇기에 이로부터 느끼게 되는 슬픔이라는 것이 있다면 그것은 슬픔의 부재에 대한 슬픔에 가깝다. 예컨대 「영상들 2」에서 "너"에게 언제나 흉터의 기원에 대한 "다른 버전"을 들려주는 일은 "너를 속상하게도 만"드는 것이지만, 화자의 슬픔은 화자가 너를 속상하게 하는 일을 피할 수 없다는 것, "다르게 기억할 수도 있"는 능력이란 실은 언제나 달라지는 기억만이 화자가 가진 전부라는 말이나 마찬가지라는 인식에서 온다. 「20」에서 끝내 슬픔이란 단어가 말해지는 이유는 여자의 부富가 동시에 정처 없음이기도 하기 때문이며, 이 정처 없음의 슬픔을 "그릴 수 없는" 이유는 그것이 존재하지 않는 "상상의 슬픔"이기 때문이다.

이로부터 이 시집의 주요한 모티프인 전시가 갖는 의미를 이해할 수 있다. 먼저 그것은 이 피할 수 없는 정처 없음에 대한 대응으로서의 놀이이다.

세 개의 방은 김유림의 세 개의 방으로 알려졌지만 세 개의 방이 아니다. 문짝을 떼고 벽을 헐어 서양식 통로를 만들어 모두에게 익숙한 전시 공간이 되었다. 도슨트 재한의 말에 따르면 공간의 대표는 김유림이 사랑한 다섯번째 사람이 재혼하며 입양한 아들이다. 김유림은 그 아들을 사랑했다. 대체 왜 사람들은 첫번째에 들어가 세번째에 들어가고 두번째에 들어가지만 순서를 모른다.

———「나의 검은 고양이」(p. 21) 부분

우리가 전시 공간에 들어와 있었다는 사실을 알리는 이 시에서 두드러지는 것은 어떤 질서와 그 질서가 보증하는 원본에서 끊임없이 멀어지며 뒤죽박죽이 된 대상들이다. "세 개의 방"은 "김유림의 세 개의 방으로 알려졌지만" 그것은 "문짝을 떼고 벽을 헐어" 알려진 것과 달리 세 개도 아니고 방도 아닌 전시 공간이 된다. 항상 원본의 자리를 요구하는 사랑이 실은 우연에 기반하고 있다는 것은 누구나 아는 사실이지만, 바로 그렇기 때문에 그 누구나 아는 사랑의 반복과 옮겨짐과 계열화를 그대로 노출시킬 때 이 지독함은 어떤 아이러니와 유머를 발생시킨다. 김유림의 사랑은 도대체 말해지기 위해 우선 도슨트인 "재한"의 입을 빌려야 하며, 그 "재한"이 소개하고자 하는 것은 "공간의 대표"이지만 그 대표는 또한 김유림이 사랑한 사람들의 계열 속에서, 그것도 "김유림이 사랑한 다섯번째 사람이 재혼하며 입양한 아들"이라는, 말하자면 사돈의 팔촌 격인 가장자리의 가장자리에 위치 지어진다. 그러고 나서야 김유림은 이렇게 쓴다. "김유림은 그 아들을 사랑했다." 끝내 "공간의 대표"는 그 자신이 아니라 이 계열의 흔적을 모두 간직한 "그 아들"로 말해질 뿐이다. 방을 터놓고 사람들이 어떤 방에 들어갔는지 도무지 알 수 없게 하는 전시처럼, 이런 글쓰기의 형식은 스스로의 자리 없음을 연출하는 것이다.

잘 알려졌듯이 프로이트는 놀이의 본질을 그런 방식

으로 이해했다. 있다‒없다 놀이는 아이로서는 통제할
수 없는 어머니의 간헐적인 부재를 받아들이는 하나의
방식이다. 아이는 그러한 사라짐과 나타남을 반복하며,
스스로 그것을 연출한다. 그러므로 김유림에게 전시의
구체적 형식은 문제가 되는 오기입 그 자체의 반복이며,
그 오기입을 산출하는 끊임없는 자리 옮김의 놀이이다.
놀이란 슬픔의 자리에 잘못 기입된 기쁨이며, 이 놀이를
통해 김유림은 '나'라는 내밀하고 자기동일적인 장소의
"문짝을 떼고 벽을 헐어" 그곳을 무수한 문장과 사람들
이 거쳐가고 지나가는 어떤 공동의 공간으로 만든다. 이
는 결국 '나'를 포함한 모든 대상의 자리 없음을, 그 대
상과 그 대상이 놓여 있는 자리 사이의 우연성을 반복해
확인하는 작업이다.

사람들이 흩어진 곳에서

이 작업의 대상은 물론 작업의 도구인 글쓰기 자체를
포함할 수밖에 없기에, '전시'의 범위는 더 이상 우리가
시라고 부르는 것의 내부에 한정되지 않는다. 김유림은
우리가 시라고 부르는 것을 배치하고 위치시키는 행위
자체를 전시의 내부에 포함시킨다.

이를테면 2부에 수록된 대부분 시들의 제목에 기입
된 숫자들은 무엇을 의미하는가? 읽기의 경험과 관련하

여 그것은 우선 단순히 일련의 유사-번호들로 기능하며 이 전시에 포함된 시들을 느슨한 연속성 속에서 보도록 만든다. 여기에 어려운 것은 전혀 없다. 다만 이 단순한 기입 자체는 우리가 당연하게 여기는 몇몇 배치의 방식들을 흔들어놓는다. 우리에게 인식되는 제목이라는 관념 자체는 문자의 층위에서 그것이 기록되는 방식, 즉 그것이 배치되는 특정한 위치와 서체 스타일의 효과이며, 따라서 이 위치와 스타일 자체가 제목이 기입되는 자리라고 이해할 수 있다. 우리가 이 숫자들을 제목과 분리된 번호라고 인식한다면, 그것은 제목이 아님에도 제목과 같은 위치에 같은 스타일로— 제목과 같은 자리에— 잘못 기입된 것이다. 물론 이 오기입이 드러내는 것은 제목으로서 기입되는 어떤 문자와 그 문자가 기입되는 제목이라는 자리 사이의 우연성이다. 이에 그치지 않고 연속성을 암시하는 이 숫자들 자체는 또한 반복되고 생략되고 건너뛰어지고 제목 없이 제목의 자리를 차지하며 계속해서 자신의 자리를 바꾼다. 그것들은 번호의 자리에 기입된 숫자이거나, 숫자의 자리에 기입된 번호이거나, "대체 왜 [……] 순서를 모"르는 것들이다.

김유림에게 글쓰기란 이 자리 옮김의 행위가 아니면 아무것도 아닌 것이다. 글쓰기는 내면의 표현이 아니며, 오히려 전혀 내면이 아닌 낯선 문장들을 내면에 잘못 기입하는 행위이다. 그러한 관점에서 우리는 글쓰기를 통해 나와 나의 내면 사이의 거리를, 그 우연성을 확인한다. 이 시집에서 개별 시편들 사이의 벽을 허물며 옮겨 다니고 반복되는 수많은 구절들을 상호 텍스트성이라는 말로만 설명하는 것은 오해를 불러일으킬 수도 있을 텐데, 왜냐하면 그러한 반복이 궁극적으로 목표로 하는 것은 한 작품과 다른 작품 사이의 관계를 수립하는 것이라기보다, 한 작품과 그 작품 안에 기입되는 구절 사이의 거리를, 바로 그 필연적이지 않음을 가시화하는 것이기 때문이다.

「나의 검은 고양이」(p. 68)는 언뜻 복잡해 보이는 시이다. 이 시가 복잡하게 읽히는 것은 어떤 관점에서는 그야말로 난데없다고 할 만한 "검은 원숭이"의 등장이 우리가 기대하는 통상적인 시의 질서를 어지럽히기 때문이다. 하지만 이 검은 원숭이가 불러일으키는 혼란이 검은 원숭이 자신과 맺고 있는 관계를 염두에 두고 읽는다면 이 시가 막연한 혼란보다는 그저 다른 질서에 가깝다는 사실을 알게 된다. 이 시의 "검은 고양이"와 "검은 원숭이"는 "나"와 "나운"의 관계와 같다. 유구한 맥락을 보유하고 있는 검은 고양이라는 기표는 우리에게 익숙한 것이다. 하지만 화자는 "나의 검은 고양이를 대신하여 나의 검은 원숭이를 만났다"고 쓰며 시를 시작하는데, 이때 "검은 원숭이"는 "검은 고양이"의 반복이지만, 그것의 유구한 맥락에서 떨어져 나와 다른 자리에 기입된 것이다. 이 다른 자리로의 기입은 추문적인 것이며 그래서 "사람들은 웅성거"린다. "후회할 거라고 검은 원숭이를 저렇게 과보호했다간 큰코다칠 거라고." 하지만 화자의 목표는 검은 고양이를 전유하여 나의 검은 원숭이에게 사랑을 쏟아붓고 그것에 더 우월한 위치를 부여하는 것이 아니다. 그에게 중요한 것은 검은 고양이와 이 우스꽝스러운 검은 원숭이를 나란히 배치하는 것, 그들을 한 자리에서 만나게 하는 것이다.

나는 무서웠지만 어디까지나 가보자는 심정이어서 나의 검은 고양이에게 편지를 썼다. 나의 검은 고양이 너만 남고 나의 검은 원숭이는 사라질 위기라고. 편지를 받은 나의 검은 고양이가 질투했다.

—「나의 검은 고양이」(p. 68) 부분

그렇게 했다간 후회할 것이란 사람들의 말에 대한 무서움과 그에 대한 반응으로 선택되는 이 "어디까지나 가보자는 심정"은 김유림의 시에 고유한 정서이다. 그에게 무서움은 이제 더 이상 회피할 수 있는 것이 아니고 그저 무서움을 초래한 상황을 반복하고 끝까지 밀어붙여서 무서움 자체가 공허해지는 지점에 도달하는 것만이 중요하다. 그러므로 화자는 검은 고양이에게 편지를 쓰는데, 화자의 시도에 검은 고양이가 질투하는 것은 당연하다. 검은 원숭이는 원본을 위협하는 일종의 사본으로, 검은 고양이의 유일성이 가상임을 증명하는 바로 그 대상이기 때문이다. 그러나 화자는 바로 그 검은 고양이에게 "검은 원숭이"가 "사라질 위기"를 해결해달라고 도움을 청하는 것이다. 한술 더 떠 화자는 검은 원숭이에게도 "나의 검은 고양이에게 도움을 청했다고 말"한다. "물론 악의는 없었다. 알아주겠니?"라며 화자는 검은 원숭이를 안아주고 "너는 곧 세상에서 가장 행복한 원숭이가 될 거야"라고 말해주지만, 검은 원숭이가 "말없이 가버렸"던 것 역시 당연하다. 검은 원숭이에게도 역시 검은 고양이라는 원본은 자신의 존재를 위해 사라져야 할 것이기 때문이다. 그러나 화자는 그러한 욕망들을 끝끝내 모른 척하며 자신의 욕망을 관철시킨다. 그는 끝내 이 둘의 욕망을 전혀 다른 방식으로 만나게 하는 장소로 그들을 끌어내린다. "나의 검은 고양이는 나를 대신하여 나의 검은 원숭이를 만났다 [……] 나의 검은 고양이는 미국의 어느 중부 지방 그 쾌적하고도 행복한 시절을 떠나 지금으로 돌아온 것이었다. 그는 내게 욕설을 퍼부었다." 끌려온 검은 고양이는 욕설을 퍼붓지만 그러거나 말거나 목적을 달성한 화자는 그 장면으로부터 멀어지며, 검은 고양이와 검은 원숭이의 만남 끝에 "그제야 하늘이 보이고, 나의 검은 것과 나의 검은 것은 부둥켜안고 땀을 뻘뻘 흘리"는 장면을 연출하는 데에 성공한다. 이 밀어붙임 끝에 남는 것은 아무것도 없다. 이것은 사본의 원본에 대한 반란이나 혁명이 아니고, 원본이라는 관념의 해체도 아니며, 원본과 사본 둘 모두의 욕망을 배반하는 다른 장면이다. 그러므로 다른 어떤 숭고함을 기대했던 사람들에게 이들의 만남은 별 볼 일 없음이 드러나고 "사람들은 흩어"진다. 그리고 김유림은 모두가 떠난 자리에서 글을 쓰기 시작하는 것이다.

사람들은 흩어지고 나는 그제야 기지개를 켜고 뒤돌아본다. 그때부터다. 내가 글을 쓰기 시작하는 것은 방이 있고 작은 방이 있고 잘 모르는 방이 있고 그렇지만 방이 있고 거기서 쓰기 시작하는 것이다 눈을 들어 이곳에서 빠져나가는 그림자를

김유림은 예전에 썼던 것을 조금 고쳐서 책으로 낼 생각이다.
— 「나의 검은 고양이」 부분

그러므로 이 시집의 위상은 다시 쓰인 것이다. 하지만 중요한 것은 원본과 수정본의 위계 혹은 그 위계의 전복이 아니라 오히려 "검은 고양이"와 "검은 원숭이"가 부둥켜안는 현장, 그 둘을 나란히 배치하는 수평적이거나 평면적인 공간의 발견이다. 이 시집의 중간중간에 배

치된 '시놉시스 시'라고 부를 만한 작품들은 그런 의미에서 이해될 수 있다. 그런 시들 중 하나인 시 「겨울」은 "갑니다"라는 문장으로부터 우리를 이미 진행 중인 한 장면 속에 탑승시키며, "하얗게 질린 손"이 들고 있는 칼의 이미지처럼 "장면이 새파랗게 얼"어붙는 순간을 포착하는 것으로 자신의 임무를 다한다. 그런데 이 한 편의 깔끔한 시는 「사라진 사람들」과 관계를 맺으며 재위치화된다. 오직 한 순간만이 존재하는 「겨울」을 더 긴 시간의 일부로 기입하며 이런저런 이미지의 출처를 해명해주는 이 시는, 말하자면 「겨울」이라는 영화의 시놉시스 시이다. 플라톤식으로 말하면 영화는 이데아에서 두 번 멀어진 것이고, 영화의 시나리오는 그에서 한 번 더 멀어진 것인데, 시놉시스는 거기서 한 번 더 멀어진 것이다. 그렇지만 순서를 생각하지 않으면 그것들은 왼편부터 오른편으로 나란히 놓여 있는 것이고 김유림은 똑같은 손을 뻗어 그것들을 원본의 현장에 다시 나란히 배치한다.

둘만 해도 많은

이 시집의 전반에 걸쳐 등장하는 수많은 고유명에 대해서도 같은 관점을 취할 수 있다. 즉 우리는 이름을 갖지만, 그것이 동시에 타인의 이름이기도 한 한에서만 그

것을 갖는다. 나운, 나영, 유진, 해수, 타오밍, 명수 등의
이 이름들은 때로는 타인이며, 때로는 '나'이고, 때로는
그냥 '너'이다. 김유림이라는 고유명은 이 사이에 기입
된다. 김유림은 때로는 유진이고, 타오밍이고, 나운이고,
나영이고, '나'이거나 '너'이다. 우리는 이 이름들 사이
를 흘러 다니고 옮겨 다니며 반복되는 문장들을 읽는다.
이 이름들은 때로 서로 사랑하고, 다투고, 오해하고, 같
이 전시를 기획하고, 엇갈리며, 함께 걷는다.

　그러므로 일단 우리는 고유명에 대한 독점적인 소유
권을 포기해야 하는 것처럼 보인다. 하지만 여기에는 어
떤 역설이 있다. 즉 고유명이란 내가 그것의 소유권을
완전히 잃어버리기 위해 여전히 내게 필요한 것이다.

　그녀는 자신이 죽으면 생성될 유고시집을 생각하며 시
를 썼다. 시를 썼고 산문을 썼으며 시도 산문도 아닌 글을
썼다. 시는 시처럼 생겨야 하고 산문은 산문처럼 생겨야
한다고 선생님이 말했다. 선생님이 너무 많아서 그녀는 바
빴다. 그녀를 바쁘게 만드는 무수한 선생님들 또한 그들의
선생님들 덕분에 바빴으며 그들의 선생님들 또한 그들의
선생님들 덕분에 바빴다. 내가 단 한 순간 쉴 수 있다면.
그녀가 죽는다면 그녀는 그녀처럼 생기지 않아도 되고 그
녀의 글은 그녀의 글처럼 생기지 않아도 된다고 생각했으
나 그녀가 죽고 난 이후에도 그녀가 아닌 시와 산문과 시

도 산문도 아닌 글이 그녀처럼 있다.

—「생전유고」 전문

"그녀"의 바람과는 달리 죽기 전뿐만 아니라 죽고 난 이후에도 고유명은 사후적으로 "시와 산문과 시도 산문도 아닌" 그녀의 글들을 묶어놓는다. 그런데 이 시를 단지 그러한 부정적 사실에 대한 체념으로만 읽을 수 없는 이유는, 그녀가 이미 "자신이 죽으면 생성될 유고시집을 생각하며 시를 썼다"고 말하고 있기 때문이다. 유고시집이란 죽고 나서도 사라지지 않는 고유명에 의해서만 가능한 책이다. 그러므로 죽기 전부터 이미 유고시집을 생각하며 시를 쓴다는 것은 오히려 이 피할 수 없음을 자신의 글쓰기의 유일한 조건으로 승인한다는 것이며, 죽음 이후의 시간 속에서 미리 쓰인 "그녀가 죽고 난 이후에도 그녀가 아닌 시와 산문과 시도 산문도 아닌 글이 그녀처럼 있다"라는 문장은 단순한 사실의 확인이나 체념이 아니라, 그 글쓰기의 조건을 스스로 정초하는 선언에 가까워진다.

이 선언과 함께 그녀가 결정적으로 거부하는 것은 모든 차이가 사라지는 익명화로의 도피이다. 주의해야 할 것은 이때 익명화란 나의 고유명 속에서 그것과 무관해지는 것과 정반대의 현상이라는 점이다. 익명화란 하나의 고유명을 고집했을 때 겪어야 할 무수한 오기입과 혼란을 피할 수 있는 방편으로, 다시 어떤 대상이 그 자체로 있을 수 있는 자리라는 환상을 죽음의 그림자 밑에, 전도된 방식으로 숨겨 들여오는 것이다. 「18」이라는 시는 이 도피를 다루고 있다. 처음 이 시를 읽기 시작할 때 보이는 것은 점증하는 "스트로베리"라는 기표의 반복이다. 그러나 이 시를 다 읽고 나서 알게 되는 것은 이 시가 반복이 아니라 반복의 실패에 관한 시라는 것이다. "스트로베리 마을"에서는 존재하는 모든 것이 스트로베리화되므로, 궁극적으로 존재하는 것은 스트로베리 하나뿐이다. 그곳에서는 모든 대상이 자신의 고유명을 잃어버리며, 그러므로 모든 것들이 단 하나로 셈해진다. 그 "익숙한 정경" 안에서 우리는 안정감을 느끼지만, 그 안정감은 "당신"도 "나"도 사라지게 만드는, "마시고 또 마시고 스트로베리를 스트로베리하고······ 스트로베리"하는 도취에 다름 아니다. 그러므로 "두려움을 느껴야 하는 건 아니"라고 자꾸만 반복하는 이 시는 그 무엇보다도 타자가 존재하지 않는 불모적 공간에 대한 두려움에 대한 시이다.

이와 반대로 김유림에게 하나 그 자체는 여러 번 셈해져야 하는 것이다. 왜냐하면 어떤 하나라 하더라도 그것이 기입되는 자리마다 반복되며 여러 개가 되기 때문이다. 예컨대 「4/도넛 거울」에서 화자가 "도넛"을 떨어뜨리고 나자 그것은 "떨어뜨려도 도넛인 것"이 된다. "이

제 그것은 이름이 길어져버렸"으므로 각각 셈해진다. 그런 식으로 "자꾸 반복하는" 도넛은 그러므로 하나이지만 하나 이상이다. 「소」(p. 86)에서도 같은 셈법이 발견된다. "이 언덕에 수첩에 바쁘게 무언가를 적는 명수 하나와 나무 하나와 네가 보는 명수 하나가 있을 뿐이다. 명수는 하나가 맞고 나도 하나가 맞고 내가 생각하는 타오밍이나 명수나 세진은 하나가 다 맞는 듯하다." 이 모든 하나들은 각각 하나씩 반복해서 셈해져야 한다. "무언가를 적는 명수"와 "네가 보는 명수"는, 하나의 나무가 그렇듯이 각각 하나씩이다. 명수는 반복되는데 바로 그 반복 자체는 단 하나의 명수란 없다는 것, "명수"가 언제나 "무언가를 적는 명수"와 "네가 보는 명수"와 "내가 생각하는 명수"와 나란히 배치되어야 한다는 것을 드러낸다.

고유명이란 반복되고, 교환되고, 옮겨지는 와중에 결코 내 것이 아닌 어떤 것이 되겠지만, 그럼에도 나는 그 무관함에, 내 것이 아님 자체에 매달려 있어야 한다. 이 매달림 속에서 우리는 그것이 겪는 모든 옮겨짐과 혼란을 함께 경험하고 그것이 결코 내 것이 아님을 알게 될 것이다. 결국 이 매달림이야말로 존재하지 않는 집으로 돌아가려는 욕망에 저항하는 것이며, 끝까지 거리에 머무르는 일이다. 우리는 오직 이 거리에서만 우리와 똑같이 돌아갈 곳이 없는 타인들을 만난다. 그러므로 이 고유명을 고집한다는 것은 궁극적으로 '너'와의 관계를 고집한다는 것과 같다.

「6/너의 의미」(p. 51)에서 화자는 "너"와 딸기를 나눠 먹는다. "너"는 수고롭게 딸기의 꼭지를 따고 그것들을 쓸어 담아 정리한다. 그 모습에서 화자는 "너"의 애정을 느끼지만 동시에 화자가 보는 것은 "딸기가 배꼽까지 물들인 것, 그런데 배꼽이 여전히 내 배꼽인 것"이다. 즉이 관계를 가능하게 하는 것은 너에게 이 배꼽을, 말하자면 고유명을 주는 것이 아니라 오히려 "그래서 너에게 줄 수 없었다"고 말하는 일이다. "너"와의 관계란 바로이 "어두워서 보이지 않"는 와중에 "보자"고 말하고 "이마에 손을 올리"는 일이며 그것은 "나는 너의 인형 같은 일관됨이며 그것이 불러일으킨 애정이며, 모두 경멸할수 있었다"는 우연성 속에서 서로를 고집하는 일이다.

아마도 이 고집이 중요할 것이다. 「10/해민의 경우」에서 "너"는 화자가 실제로 배가 아프다는 사실을 받아들이지 않는다. 그것을 알아주지 못하기 때문에 화자는 "너는 오늘 광탈이다"라고 말한다. 그러나 "고집 센 소년은 탈락 소리에도 돌아가지 않고 버틴다". 이 어긋남을 견디는 것 자체에, 그럼에도 대화를 이어가는 것에 "너의 의미"가 있다. 그 의미는 흔히 말하듯이 서로를 이해하고 배려하고 익숙해지는 것으로 완전히 해소되지 않는 것이다. "나에게 네가 있는 건 맞는데 그걸 말하기 위해 너는 소년이어야 한다"는 말은 "너"와 계속 함께 있기 위해 "너"는 네가 아니어야 한다는 것을, 때로는 "출몰하고 광탈"하는 "소년"으로 옮겨 가고 "왠지 모를 그he"가 되는 것을 감수해야만 한다는 말이기도 하다. 김유림에게 관계에 필요한 것은 서로에 대한 완전한 이해에 다다르는 일도 아니고, 그렇다고 타자에 대한 이해 불가능성이라는 말로 이 관계 자체를 신비화하는 것도 아니다. 그에게는 모든 것을 잘되게 하는 일이 중요한 것이 아니라, 오히려 잘못된 것을 고집하고 그 안에서 관계를 지속하는 것이 중요하다. 왜냐하면 그 어긋남 없이는 어떤 만남도 있을 수 없기 때문이다. 말하자면 이 모든 전시 자체가 바로 그 어긋남의 생산이며 달리 말해 만남의 생산이다. "세 개 이상의 모형"이라는 제목이 암시해주듯 나와 너의 만남이란 언제나 나와 나운과 너의 만남이고, 혹은 나와 너와 그의 만남, 기타 등등으로 둘만의 만남이라는 것을 망쳐놓는 어긋남을 끈질기게 셈에 포함시키는 일이며, 그렇게 셈해지는 것들 중 어느 것도 원본이 아닌 "둘만 해도 많(「4/도넛 거울」)"은 모형들로서 만나는 일이다.

낮잠에서 깨어난 뒤에

세 개의 방에서 사람들이 도마뱀 시와 망아지 시와 코

끼리 시를 읽고 그 아래 전시된 작은 모형들을 보고 있다. 점토로 만들고 바람에 말려서 단단하다. 김유림은 전시를 상상한다. 김유림은 타오밍과 함께 기획하고 실현할 수도 있었던 전시를 상상한다. 사람들은 이제 이 전시가 실현되지 못할 수도 있었다는 사실을 알게 된다. 작은 모형들은 서로를 바라보거나 서로를 바라보는 서로를 등지고 있다.

　　　　　　　　　　　　　—「14/세 개 이상의 모형」전문

　김유림의 시를 읽는다는 것은 이렇듯 끊임없이 자리를 바꾸고 다른 곳에서 나타나며 반복되는 텍스트들의 이동을 체험하는 일이다. 이 시와 모형들의 전시를 앞에 두고도 김유림은 다시 "전시를 상상한다"고 쓴다. 그러므로 이 전시가 보여주는 것은 전시의 내용이 아니라 전시 그자체의 불안정성, 이 전시가 그 위에 놓여 있는 우연성이다. 따라서 이 전시를 모두 관람한 우리가 알게 되는 것은 궁극적으로 전시가 이루어졌다는 사실이 아니라 바로 이 전시가 "실현되지 못할 수도 있었다는 사실"이다.

　이제 이 글을 마무리하며 읽을 것은 「꿈의/꿈」으로부터 이어지는 이 시집의 종결부이다. 각각의 시들이 느슨한 이야기 속에 묶인 이 시집은 시집의 종결부라는 표현을 가능하게 하는데, 한편으로 김유림은 끝내 이 선형적인 읽기를 다시 한번 괄호 속에 넣음으로써 이 시집을 지탱하는 질서 자체를 상대화한다. 이런 마무리는 어떤 끈질김 속에서, 궁극적으로 우리가 해온 것이 시집을 읽는 것이 아니라 바로 이 이동의 체험이었다는 사실을 더없이 명확하게 보여준다.

우리는 각자의 자리에서 이 시집을 읽지만 결국 어떤 책을 읽는다는 것은 그 책으로부터 엇갈려 서로 다른 어딘가에 다다르는 일이다. "간 사람은 돌아와 그러나 간 사람을 찾으러 갔던 사람은 돌아오지 않는다"는 구절은 바로 이 공통의 엇갈림에 대해 말한다. 간 사람은 가버리려는 자신의 목적을 잃고 돌아오며, 간 사람을 찾으러 간 사람은 역시 자신의 목적을 잃고 돌아오지 않으며 "거기서 가정을 꾸리고 외국어로 말한다". 이렇게 엇갈린 두 사람은 마치 "그 속에서 어떤 닮은 점도 발견할 수 없는 것처럼"(「탐정」) 결과적으로 만나지 못하지만 이는 완전한 엇갈림은 아닐 텐데, 이 목적의 잃음 속에서 그들은 같이 있기 때문이다. 「꿈의/꿈」에서 엇갈린 두 사람은, 종결부에 포함된 시는 아니지만 「탐정」에서 조금 더 인용하자면, "일본의 북쪽 도시에 위치"한 "삿포로"를 향해 걷는 사람과 "서울의 북동쪽에서 북쪽으로 전진하는" 사람이 떨어져 있는 만큼이나 떨어져 있지만, 동시에 그들이 여전히 어떤 같음 속에서 걷고 있는 만큼이나 함께 있는 것이며 함께 걷는다.

"그래도 나무가 있고 나무가 있는 서울의 거리에서 나처럼 걷는다 이렇게"라는 구절 뒤로 한 페이지의 여백이 있다. 그런데 이것이 여백으로서 받아들여지는 것은 한 장을 더 넘겼을 때 제목이 있어야 할 자리에 "일렬로 일 렬은 일렬이지만 일렬에 반하는 일렬의 형태로 천천히 빠져나온다"라는 구절로부터 이어지는 문장들을 발견하 고 나서이다. 즉 「꿈의/꿈」 오른편의 백지는 시편과 시 편 사이의 공간이었다가, 한 편의 시에 포함된 공간으로 이동하며, 제자리에서 반복되며 두 번 셈해진다.

그 밑에 걸쳐져 있는 "세 개 이상의 모형"이라는 문자 는 또한 자리의 이동을 보여준다. 제목의 스타일로 기입 된 이 문자는 그것이 제목이라면 원래 있었어야 할 왼쪽 페이지 상단으로부터 밀려난 것처럼 보이기도 하고, 혹 은 반대로 오른쪽 상단으로부터 끌어당겨진 것처럼 보 이기도 한다. 어느 쪽이든 우리는 이미, 제목일 수도 있 는 이 문장을 밀려나고 끌어당겨지는 힘들 사이에 존재 하는 임시적인 것으로 보게 된다. 이 임시성은 여백을 두고 오른편에 놓인 문장들을 한 편의 독립적인 시로 생 각해야 하는지 그렇지 않으면 「꿈의/꿈」에 속한 일부로 봐야 하는지를 미결정 상태에 놓아둔다. 이 문장들이 결 정하는 것은 다름 아닌 이 미결정 상태 자체로서의 장소 이다. 벽은 무언가를 돌이킬 수 없이 갈라놓는 것이 아 니라 우리가 만들고 또 허물 수 있으며, 그러한 행위를 통해 "우리가 그래서 점유하는 공간이 장소가" 될 수 있 도록 하는 것이다.

다시 한 페이지를 넘기고, 왼편 상단에 위치한 한 문장과 그 밑의 여백을 지나면 「갈라지는 책/갈라지는 책」에 도착한다. 우리는 두 줄로 갈라져 있는 이 제목에서 갈라짐이 곧 같은 것으로 반복되는 일이며, 반복되는 일이 곧 갈라지는 일이라는 시각적인 표현을 본다. 이 갈라짐 속에서 전시를 모두 관람한 사람들이 돌아간다. 이들은 전시를 관람한 사람들이자 전시를 이루는 사람들이다. 그러나 이 모든 사람은 돌아가면서 돌아가는 사람과 남아 있는 사람으로 갈라져 이 시편 안에 남아 있다.

어쩌면 이 시집은 여기서 끝날 수도 있었을 것이다. 그렇지만 김유림은 굳이 사족처럼 두 편의 시를 덧붙여 놓는다. 물론 이 사족은 끝나기에 더없이 좋은 그 시점을 일부러 피하고 망가뜨리며 이 시집을 이끌어간 기획 자체를 그것이 무수한 하나들 사이의 하나로 셈해지는 평면에 기입하기 위해 필요한 것이다. 어쩌면 이 두 편의 시를 전시의 관람을 마치고 돌아가는 누군가가 본 풍경으로 읽을 수도 있을 것이다. 어쩌면 이 두 편의 시는 김유림의 세번째 시집에 수록되어야 하지만 모종의 착오로 인해 잘못 수록된 것일 수도 있다. 어쩌면 별 의도가 없었던 것일 수도, 어쩌면 이제까지 열거한 모든 추측이 다 맞을 수도 있다. 어쩌면 우리가 이 책을 읽었다는 사실이 그저 "지친 외국인 관광객"이 "광목으로 만든 하얀 이불을 덮고 긴 낮잠을"(「노천탕은 작았다」) 자다

꾸었던 꿈이거나, 그 꿈의 꿈이거나, 그 속에서 흘러나
온, 누군가 "갑자기 갑자기 노래하고 외치고 실없이 웃
는"(「사랑하는 나의 연인」) 소리의 엿들음에 지나지 않
았는지도 모른다. 그러나 어쨌든,

어느 때인가 긴 낮잠에서 깨어날 것이다. "자 일어나,
누군가 머리를 두드"리고, "흰 배드민턴공이 지나가고"
우리는 지나가는 흰 배드민턴공을 보며 "여기가 끝인
가"(「엘레네」) 궁금해하고 어리둥절해하며 돌아갈 것이
다. 돌아가면서 가져가는 책과 가져가도 여전히 남아 있
는 책으로 이 책은 갈라지고 반복될 것이다. 그 반복과
갈라짐 속에서 "우리를 만드는 벽과 우리를 허무는 벽
과 우리를 그래서 점유하는 공간이 책이 되어"갈 것이
다. 그로부터 우리가 알게 되는 것은, 이 공간이 책이 되
지 않을 수도 있었다는 사실이다. 만약 이 공간이 책이
되지 않았다면 이 책은 김유림을 당신이나 한국이라는
낯선 곳으로 영원히 밀어내지 않을 수도 있었을 것이다.
그러나 이 책은 여전히 책이거나 책이 아닌 채로 헤매고
있을 것이고, 그러므로 당신은 단지 우연히 이 책을 만
난다. 그것을 당신은 읽는다. 혹은 당신이 쓴다. 그것을
이렇게 쓸 수도 있다. 당신이 아닐 수도 있었던 당신이,
한국이 아닐 수도 있었던 한국에서, 만나지 않을 수도
있었기 때문에. 만날 것이다. ▨